冷徹国王の愛娘は本好きの転生幼女
～この世の本すべてをインプットできる特別な力で大好きなパパと国を救います！～

衣 裕生

目次

Characters

人物紹介

レオンティーヌ

エールトマンス国の王女。
実は本好きの転生幼女で、
読んだ本の内容を取り込む
不思議な力を持つ。

テオドルス

エールトマンス国の国王。
妻を亡くしたのは自分のせい
だと思い、生まれて間もない
娘のレオンティーヌと距離を置く。

ヨリック

王宮図書館で働く司書
だったが、突如、レオンティーヌの
家庭教師となる。

サミュエル

創薬研究所の所長。
いつもヨリックに
振り回されている。

ルノさん

幼いインフェルノドラゴン。
レオンティーヌは特別な力によって
お友達になる。

フウさん

フェンリルの聖獣。
聖獣は人間に懐くことがないが
レオンティーヌは特別な力によって
お友達になる。

ライラ

レオンティーヌの母であり、
テオドルスが愛する妻。
不慮の事故で亡くなってしまう。

第一章　本を……本をくだしゃい

レオンティーヌは空腹に耐えきれず、誰かに訴えようと声を出す。

「うぎゃぁぁ！」

空腹を訴えかけたレオンティーヌの言葉は、赤ちゃんの大きな泣き声にかき消された。

再び声をあげたが、赤ちゃんの泣き声しか聞こえない。レオンティーヌは違和感を覚え、目を開けてみる。

彼女の深緑の瞳に映ったのは天蓋《てんがい》のようなもので、自分が豪華な柵付きのベッドに寝ていることがわかった。

状況を把握するため慌てて起き上がろうとするが、思うように体が動かない。首を回して周囲に視線を巡らせると、物語にいそうな侍女の姿があった。

「おぎゃっ」

驚きのあまり、思わず『なんでっ？』と口にしたけれど、レオンティーヌの耳に響いたのは赤ちゃんの声だった。その瞬間、さっきからうるさいと思っていた泣き声の主が自分だったと気づく。

（え？　赤ちゃんになってる？　これって夢？）

ベビーベッドの上で手足をバタバタさせると、手にも脚にも確かな感触がある。レオンティーヌは自分の現状を把握するのに数分かかった。とはいえ、それはレオンティーヌには信じられない現実。考えに考えた結果、自分が転生しているのだという答えにたどり着く。

ひとり動揺していると、侍女とは別の、三十前後と思《おぼ》しき女性が視界に入ってきた。彼女は泣いているレオンティーヌに静かに駆け寄り、抱き上げた。

「どうしましたか、レオンティーヌ様」

（レオンティーヌ……？）

レオンティーヌは、自分の名前を認識した。すると、この離宮で暮らし始めた頃以降の記憶が頭の中にどっと流れ込んできた。

記憶がよみがえると、周囲の状況も把握できた。今レオンティーヌを抱いているのが乳母のオルガで、そばにいるのが侍女のミーナだ。

「あらあら、ご機嫌斜めですか？」

「おぎゃあ」

この状況を説明しようにも、泣き声にしかならない。レオンティーヌは言葉が伝わらないつらさを痛感した。

「具合が悪いのかしら？」

ミーナが心配そうに言い、オルガと共に、今にも大騒ぎしそうな雰囲気だ。

（うおお！　どうしよう？　どうしたらいい？　二人に騒がれてこれ以上大ごとになったら、ますます混乱するわ。この場を収めるには空気を変えるしかない！）

レオンティーヌは気持ちを切り替え、いつものように愛嬌《あいきょう》を振りまき、元気だよとアピールするように、わざわざ彼女たちに笑ってみせる。

「うきゃっきゃー」

「ああ、よかった。やっと笑顔のレオンティーヌ様になったわ」

そう、レオンティーヌは、敬称で『様』をつけられて呼ばれる身分なのだ。

レオンティーヌの父親は、エールトマンス国の王、テオドルス・エールトマンスである。

母のライラはレオンティーヌを生んで三か月の時に、亡くなってしまった。国王の大叔母《おおおば》が主催したお茶会に侵入した魔獣に襲われて、その時の傷が元で、急逝したのだ。

ライラが亡くなってから、父であるテオドルスはレオンティーヌを遠ざけて、彼女が住む離宮には来ていない。なぜ彼が、いまだ娘を放置しているのか、レオンティーヌにはわからない。ただ、強いていえば思い当たることが一つある。

それは、レオンティーヌの誕生の日に起きた出来事だ。

そもそも、王族の血を引く者は生まれ落ちたその時から、王族の証《あかし》である王紋と、魔力の属性を表す模様が隣り合って、体のどこかにくっきりと現れているのが普通なのだ。だが、レオンティーヌの右の前腕に現れていた王族の証である王紋は今にも消えそうに薄く、その上、魔力の属性の模様は誰も見たことのないものだった。火属性なら炎の模様、緑属性なら葉の模様。しかし、レオンティーヌの模様は、二つの正方形が角度を変えて重なった八芒星《はちぼうせい》と、その右側に頂点が左に向いている小さな三角形があるというものだった。それが何を表しているのか、またそもそも、属性を表すものかどうかもわからなかったのだ。誕生直後、王紋が薄く、属性があるかないかも特定できないことから、王族の資格がないのではと騒がれた。

周囲の憶測を一蹴するかのように、すぐに、テオドルスがレオンティーヌを正当な王族の後継者として公式に声明した。

しかし、その後も口さがない者は、『お印薄く、無属性』や、『王族には不適格』など陰口を言っていたのである。それがライラの死後、さらに急増した。

そんな経緯があり、レオンティーヌはこの離宮で暮らすことになった。彼女にはテオドルスの本意はいまだわからないままだ。いずれにしても、国王から放置され、王紋が薄く無属性とあっては、レオンティーヌを取り巻く環境としては、かなり厳しい状態である。

しかし、そんな状況下でも乳母をはじめ、侍女五人、料理人二人が結束を固め、レオンティーヌを冷遇せず、大事に育てているのだ。だが、やはり国王や、世間の風潮に気遣ってか、離宮は常にひっそりしていた。

レオンティーヌが眠ったふりをするとミーナたちは掃除を行い、オルガは王女から少し離れたところでゆっくりと編み物を始める。

彼女らがそばを離れると、レオンティーヌは自分の前世について思い返してみた――。

レオンティーヌの前世は二十六歳の女性で、地味で真面目な日本の会社員だった。小さい頃から暇さえあれば図書館に通うほど、とにかく読書好きで、六年生の時には一年間で二百六十冊の本を借りて読んでいた。当然小学校、中学校、高校、大学と学校内の図書館に通いつめ、いつも司書のみんなとは大の仲良しに。

しかし、会社に勤めてからは残業続きで、本を読む時間がとれなかった。だが、八月のある日、書物の神様が助け船を出してくれたのだろうか？というような幸運が訪れる。

ブラックすぎる企業なのに、本社から『年休をとっていない者は、今月中にとりなさい』と指導が入り、夏季休暇と抱き合わせで五日間の休みが取れたのだ。

るんるん気分で、ずっと読みたかった全二十五巻の小説を自宅に買って帰り、外に出なくていいように食料も買い込み、五日間こもる気満々でいた。

……何巻まで読んだのか覚えていない。面白くて眠ることなく読み続け、とうとう目が疲れて眠りに落ちた……というか気絶に近かったのだが、悪いことは重なるもので、なんとその時に停電。真夏の日中にクーラーが止まったのだ。そして起きられないまま熱中症に……。

最後にうっすらと「あの本も……その本も……読み……たか…た……」と一言残していた。

――この異世界の王族に、しかも人生が始まったばかりの赤ちゃんに転生したのは、書物の神様が「今度こそ悔いのないように、この世界の本という本を読み尽くせ‼」との思し召しなのだ。

前世の無念は異世界で晴らせ！　そう解釈した彼女はポニッと丸い拳を突き上げる。

だが、皆は赤ちゃんのレオンティーヌにまだ絵本は早いと思っているようで、この部屋には一冊の書物も置いていない。

前世を思い出してからのレオンティーヌは、早く本を読みたい一心で、色々と計画を立てた。

ゴールは〝図書館に行くこと〟だ。ミーナとオルガの世間話からこの王宮には、図書館があるとのこと。これを聞いた日からできることを考えてちまちまと頑張った。

例えば腕力を鍛えるために、バーベル上げ。これは大人から見ればオモチャのガラガラを振り回しているだけに見えるだろう。

しかし、本人はいたって真剣だ。なぜなら、筋肉がないので、ちょっと振っただけですごく疲れ、長くはできない。しかも、すぐに眠たくなる。

だが、鍛え始めて二か月にして、やっとこのベビーベッドから出る機会が訪れた！　ずりばいができるようになると、オルガが運動させるためにふかふかの絨毯《じゅうたん》に下ろしてくれたのだ。

そこで、懸命に扉に向かう。頑張ったものの、たどり着いた時点でくたくただったので扉の前で挫折。

ここで、くじけるわけにはいかない。奮起し、地道に筋トレを続けた結果、レオンティーヌは見事ハイハイに成功。ハイハイができるようになると、あれほど遠かった扉まではすぐに行けるようになった。人の出入りに合わせて一緒に外へ……。

だが、「あらら、レオンティーヌ様は、このお部屋の中で遊びましょうね」と連れ戻された。

しかし、レオンティーヌはへこたれない。

それから数か月後、日頃の鍛練のおかげか、少々早い九か月で歩けるようになったのだ。

（ふふふ、この時を待っていた。扉も自分で開けられるようになったし。あとはこの建物から出て、この王宮のどこかにあるという図書館に行けば、本を読み放題だ‼）

レオンティーヌは、ミーナたちが忙しく掃除を始めたのを見計らい、そっと扉を開けて廊下に出た。

誰かが来る！

ささっと物陰に隠れ、息を止めた。

（スパイの気分だわ）

前世で見た人気のスパイ映画のテーマ曲が自然と脳内再生。ようやく、この建物の出入り口にたどり着いた。

ここを開けると未知の世界だ‼　そう思い、必死で重い扉を押した。

少し開いた！と思ったら一瞬で背後から抱えられ、目の前で扉がパタンと閉まったではないか。

やっとの思いでここまで来たのに、何が起こったのかわからず慌てるレオンティーヌの頭上から乳母の声。

「もう、レオンティーヌ様ったら。この先はとっても危険ですのよ。だから、一人でお外に出てはいけませんよ」

自分では、いたってスムーズな身のこなしでここまで来たと思っていたレオンティーヌだが、実際にはよちよち歩きだ。しかも、前ばかり気にしていたので、レオンティーヌは後ろのことなどちいっとも気づかなかった。しかし、部屋を出た時からオルガとミーナは、微笑ましく見守りながらついてきていたのだ。

（ううう、だって視野が予想以上に狭いんだもん）

こんな訳で、再び本への道は閉ざされたのだった。

だが、書物の神様はレオンティーヌを見捨ててはいなかった。ようやく待望の書物を持った、一人の男性が現れたのだ。

彼の名前はヨリック・マルテンス。二十五歳でレオンティーヌの家庭教師に選ばれた、元王宮図書館の司書である。黒髪で、銀縁の眼鏡《めがね》がきらりと光っていた。

◇□　◇□

一週間前――。

レオンティーヌの父であり、エールトマンスの国王であるテオドルスが図書館に来ていた。

そんな彼に乳母のオルガが『そろそろレオンティーヌ様は基礎学習をなさるべきなので、家庭教師をつけてほしい』と直談《じか》判していたところ、ヨリックはたまたま通りかかってしまったのだ。

テオドルスは突然ヨリックの方へ歩み寄ると、彼の腕をつかみ『たしか、教員免許を持っていなかったか？』と問いかける。

『昔、取得しましたが……』

『では君がレオンティーヌの家庭教師だ。そういうことでよろしく頼む』

いきなりの決定にオルガは抗議をしていたが、覆《くつがえ》されることはなく、足早に去る国王の後ろ姿を、オルガと一緒にヨリックも見送っていた。

（数分前まで、本を開くと黒い鎧《よろい》の騎士が現れて決闘を申し込まれる物騒な本や、持っているだけでどんどんと血を吸われるといった危ない本の始末をしていたり、またはごく普通に古くなった書物の入れ換えをどうしようかと考えたりしていたのに、どうしてこうなった？）

嘆くヨリックに、『考えても仕方ないさ。それに奇跡的に王女様が天才になれば、その業績を考慮して元の司書に戻してもらえるかもしれないぞ』と友人は他人事《ひとごと》だと前面に出しながら軽～く慰めてくれる。

だが、ヨリックにとってそんな先まで待たなければならないなど、耐えられない。たった二歳の子がいつになったら文字を覚えられる？

――最低でもあと三年……。

レオンティーヌの家庭教師に選ばれたのはただの偶然で、ヨリック本人はこの仕事を任されたことを納得していない。

「なぜ、私が全くの赤ん坊の家庭教師になどならないといけないのか？　私が王宮の司書になるために、どれほど努力し、勉強したと思っているのか？」

ヨリックが愚痴を言いたくなるのも仕方ない。本当に運が悪かっただけなのだから。

ヨリックは王命に背くわけにもいかず、長い不遇の時期がきてしまったと諦《あきら》めるしかなかった。

◇□　◇□

レオンティーヌは対面したヨリックの眉間にある、深ーいシワに目をやった。二歳の女の子の保育をする者の態度と顔ではない。ヨリックは難しい顔のまま、神経質そうに眼鏡をくいっと上げ、レオンティーヌに対して低い声で挨拶をする。絶対に子供が嫌いだろうと感じさせる態度だ。

「私が今日からレオンティーヌ王女殿下の家庭教師として主に読み書きの授業を受け持つことになった、ヨリック・マルテンスです」

ヨリックはよろしくとも言わずに頭を下げた。その下げ方も嫌々で、はっきりと態度に出ていた。

（国王陛下が彼に司書の仕事を辞めさせて、私の家庭教師にさせたと聞いているわ……よほど嫌だったのね……態度に出すのはどうかと思うけど、そうなるのも当然よね）

申し訳なく思うが、レオンティーヌのせいでもない。

「わたしのしぇんしぇいを引き受けてくれてありがとうごじゃいましゅ」

キリッ！と表情を引き締めて頭を下げる。

ヨリックは、ハッとして眉間のシワを緩め、感心したような表情を見せた。こんな小さな子がきちんと挨拶ができるなんて、と少しは見直しているようである。ここに来る前は、王女なんてわがままに育てられて、躾《しつけ》すらされていないと思われていたに違いない。

挨拶をすませると、ヨリックはさっそく鞄《かばん》から本を取り出し、読み聞かせ専用の台に置いた。

ヨリックが持ってきた本は、小さな子供が好きそうなイラストが表紙に描かれた絵本である。

嫌々ながらもヨリックが二歳児向けの本を選んできたのだと察したレオンティーヌは、彼が図書館の司書らしく真面目な男なのだと思った。

「レオンティーヌ様、持ってきた絵本は絵がいっぱいですので、今日のところは文字を覚えるということよりも、言葉の響きと表現豊かな絵をご覧ください」

「はい！　ヨリックしぇんしぇい！」

やっと文字に触れられるとレオンティーヌは喜びに溢《あふ》れる。

「今日は絵本を持ってきて正解だったな。レオンティーヌ様のあの嬉《うれ》しそうなお顔に、光る目！……え？　レオンティーヌ様って瞳の色は深緑ではなかったか？　金色だったか？」

レオンティーヌにはヨリックのつぶやきが聞き取れなかったが、彼はまるで幻でも見たかのように何度か瞬きを繰り返していた。そんな彼の様子など、本を前にしたレオンティーヌは気がつくはずもなく、目を輝かせて催促する。

「早く絵本を見しぇてくだしゃい‼」

「ああ？　あっ、ちょっとお待ちください。眼鏡の調子が悪く、他の眼鏡に替えたいので、このカルタをご覧になっていてください」

ヨリックが鞄から幼児向けのカルタをレオンティーヌに渡し、ごそごそと鞄の奥にしまってある予備の眼鏡を捜す。

その間に、レオンティーヌがカルタの入った箱を開けると、すべてのカルタの文字が、金色に光り次々空中に浮かび上がった。それらすべてが金色の糸のように繋《つな》がるとレオンティーヌの頭上に向かう。そして、彼女にふわりと巻きつくようにして螺旋《らせん》を描きながら下りていき、体全体を包み込んだ。するとそれはまるで彼女の体に吸収されるようにしてスッと消えていった。

「ん？」

レオンティーヌは、今の何？と思ったが、カルタの札を見て驚く。

なぜかすべての文字が頭の中に記憶されているではないか。

（なんで知っているのかな？）

この世界では今までに一度も文字を見たことはなかった。なので、当然読めないし意味もわからないはずである。この不思議な状況に首をかしげていたが、眼鏡を見つけたヨリックに瞳を凝視された。

「やはり、緑だな……。眼鏡が悪かったのか……。まあ、それはさておき、レオンティーヌ様、カルタをご覧いただけましたか？」

「はーい！　じぇんぶ覚えまちた‼」

「……え？　全部？　レオンティーヌ様、嘘《うそ》はいけませんよ。一文字を覚えたのかな？」

嘘つき呼ばわりに、レオンティーヌは口を蛸《たこ》のように突き出し反論する。

「ほんとだもん‼　じゃあ、見ててくだしゃい！」

ヨリックに信じてもらうためには実際に見せるしかない。レオンティーヌは、カラフルな鳥が描かれたカルタを一枚取り出し、そこに書かれている文字を読んだ。

「『ふ』。ふゆのおおぞら　さむさにまけじゅ　とんでいく」

驚くヨリックを尻目に、レオンティーヌは次々とカルタを読み上げ、三十枚すべてを読みきった。

「ま、ま、まさか……レオンティーヌ様は誰かに文字を習っていたのですか？」

「習ってにゃいでしゅ。今日初めて文字を見たんでしゅもん」

「絶対にオルガさんかミーナさんが教えていたに違いない！　うん、きっとそうだ‼」

ヨリックはレオンティーヌの言葉を信じられず、読み聞かせ専用台に置かれていた絵本を鞄にしまい、さらに「こんな幼子にすべての文字をここまで覚えさせるなど、虐待に近い教育の仕方をしていたに違いない‼」と憤って出ていってしまった。

「絵本だけでも置いていってってくだしゃーーい」

扉に向かって叫んでみたがヨリックが帰ってくることはなかった。

次の日、再びヨリックがやって来た。

「ありぇ？　今日もしぇんしぇいが来る日でしたっけ？」

「昨日は気が動転して、早々に帰ってしまい、申し訳ありませんでした。きちんとした授業をしなかったので、今日は補講というわけです」

ヨリックは眼鏡をくいっと上げて、神妙な顔をしている。

ヨリックいわく、昨日、彼は部屋を出たあと、レオンティーヌの教育についてオルガとミーナを責めるように問いつめたが、誰も文字を教えていなかったと判明したという。彼女たちに何度も謝罪して、再び今に至ったわけである。

「今日は、昨日読み聞かせるはずだった絵本を、実際にレオンティーヌ様に読んでいただこうと思っています」

昨日、実際に文字を読んでみせたが、いまだに半信半疑なヨリックは、確かめようとしていた。

「はーい！　本が読めるならどっちも一緒なので！」

元気に返事をするレオンティーヌの前に、ヨリックが絵本を掲げて見せる。

わくわくするレオンティーヌの瞳を見るヨリックの視線の鋭さに、違和感はあるものの、それよりも、目の前の本だ。

「早くページをめくってくだしゃい！」

「あっ、はい、今ページをめくりますね」

ペラッ……。

その途端、絵本の文字が金色の糸のように連なり、うねってレオンティーヌの体に吸い込ま

れていった。

その間わずか一秒。

（な、何が起きた？）

一瞬のことでレオンティーヌ自身、何が起こったのか理解できていなかった。だが、その直後、見たこともなかった絵本のストーリーが結末まで頭の中に浮かんできたのだ。つまり、一瞬で読了したことになる。レオンティーヌは昨日も似たような体験をしたが、それとは比べものにならない感覚だった。

目の前のヨリックも固まって目を見開いたまま動かない。

彼は目頭を押さえて、おもむろに鞄から目薬を出して両目に差しだした。そして、食い入るように絵本を見つめ、なぜか声に出して、絵本を読み始める。

「トマトのお母さんは、ピーマン君と玉ねぎちゃんを連れて公園にやって来ました。そこで……」

「あの、ヨリックしぇんしぇい。それ、今じぇんぶ読んじゃいまちた！」

その言葉に反応したヨリックは、ぎっぎっぎと音が聞こえるような、不自然な振り向き方でレオンティーヌを見る。

「……それってさっきの、……光？　みたいなので読み終わったってこと……ですか？」

頷《うなず》くレオンティーヌに、頭を抱えるヨリック。

「あの一瞬でこの絵本を理解しちゃったってことですよね？」

「はい、ヨリックしぇんしぇい、じぇーんぶ理解してましゅ」

再び頭を抱えるヨリック。

「二歳の子供が『理解』って言葉は使わないんだよ……。やっぱりレオンティーヌ様って他の二歳児と違ったんだぁ……それにさっきの金色の瞳と糸のような光の粒ってなんだ？」

大の大人が頭を抱えて体育座りをしている姿を見て、慰めようとした。

「しぇんしぇいが選んでくれたその絵本、面白かったでしゅよ。玉子のお父しゃんが家族を優しく包むって最後が泣けましゅよね？　でも、オムライスが食べづらくなりまちたね」

「あはは、気に入ってもらえてよかった。確かにオムライスは……って違うんだ‼　やっぱり最後まで読んでしまったのか、あの一瞬で？」

慰めは失敗したようで、ヨリックは項垂《うなだ》れた頭を、さらに深く垂れている。

「だって、本が開いた瞬間にシュルシュルって頭の中に入ってきたんだもの」

「それって、速読の上の瞬読よりさらに上ですよね。しかもさっきからしゃべっていて思ったけどやっぱり知能は二歳児じゃないですし！」

「まあまあ、しょんなことより、しょうとわかれば、もっとむじゅかしい本を持ってきてくだしゃいよ～」

可愛《かわい》くおねだりしたのに、ヨリックが飛びのいた。

「いやいや、そんなことをしたら、私が勉学を強要したと、虐待を疑われてしまう！　しばらく本はおろか授業もなしです!!」

ヨリックは激しく動揺した様子で瞬く間に教材を鞄に詰めて、部屋を出ていってしまった。

「しょ……しょんなぁぁぁ！　しぇんしぇいカムバーック!!」

◇□　◇□

王宮の創薬研究所所長兼、薬園で働くサミュエル・ランゲは、古びた異国の書物を読むために、辞書を照らし合わせて何時間も奮闘しているにもかかわらず、異国語の本が古書体で書かれているために、全く翻訳が進んでいない。自室に戻ってからも、もうずっとわからない文字とにらめっこをしている。本来は整った目鼻立ちの美男だが、普段よりも顔色がかなり悪い。

「このヘンテコな文字はっと……、『ギョーイ』と読むのか……？　そしてその意味は……というと」

古文解読書の次は、辞書に切り替えてペラペラとめくり、ギョーイなる単語の意味を調べていた。

「かぁぁ!!　もう全くわからないや……」

机に突っ伏し、緑の髪の毛をわさわさとかき上げるサミュエルは、色々な薬草が入った瓶を眺める。

その中には、この国の国王が、わざわざ異国で採取してくれたものもあった。

国王テオドルス・エールトマンスは、三十歳で、サミュエルにとっては兄のような存在だ。

まだ二十六歳のサミュエルを創薬研究所の所長に任命してくれた人でもある。

サミュエルの創薬研究の知識は誰よりも豊富だったが、頭の固い重鎮どもが幅を利かせていて、研究所もまともに使わせてもらえなかった。

それらのしがらみから解き放つように、所長に抜擢《ばってき》してくれたのだ。そういった経緯から、テオドルスには並々ならぬ恩義がある。

そのテオドルスが、近頃原因不明の頭痛に襲われているというのだ。これを少しでも改善したいと、異国の本を取り寄せたのだが、古文で書かれた書物であったために読めずにいた。

何日も奮闘するが、全く進まない。

ふと時計を見ると針は四時三十分を指している。

（……今日も徹夜をしてしまった。）

窓の外を見ると、山際は濃いオレンジ色をしているが、そこからグラデーションをかけたように深い青色が夜空へと続いていた。

もう少しだけでも翻訳を進めようと、辞書を片手に眠い目をこすって頑張ったが、次第に辞書を持つ手が重くなっていったのだった。

あのあと、そのまま眠っていたようで、目が覚めると空は明るくなって窓辺には朝日が差し込み、見上げると雲一つない。

「今日もいい天気になりそうだな……」

首を回すと、グキグキと嫌な音を立てた。

どうやら、恐ろしく肩が凝っているようだ。

「よしっ」と声を出し立ち上がると、鞄に薬草図鑑と異国の書物と古文解読書、異国語の辞書を放り込み、扉を開けて出ていった。

目指すは王宮の敷地内にある薬園。

白樺林《しらかば》が美しく、その先にある開けた場所が薬園である。薬園の奥にはドームに覆われた植物園もある。

サミュエルにとってほっとできる場所なのだ。

「ああ、生き返るな」

深呼吸をすると、全身にきれいな空気が行き渡るようだ。

立ち止まり目をつむる。目を開けた瞬間、落下物に気づいたサミュエルは当然よけきれず、大きく仰向《あおむ》けに転んでしまうが、落ちてきた小動物だけは怪我《けが》をしないように抱き留めていた。

「ご、ごめんにゃしゃい！」

小さな動物は、なんとも可愛い女の子だった。

仰向けのサミュエルの上にちょこんとのった女の子は、眉が垂れて心配そうにしている。

その瞳は美しい深緑色で、じっと見つめられると吸い込まれそうである。この色をどこかで見たなと、考えていると、女の子が「よいしょ」と必死でサミュエルから下りようと動いていた。

その動きはまるで小動物のようで、微笑ましい。

女の子が下りたので、サミュエルは地面に座り直して、女の子の目線に合わせたまま、話しかけた。

「お怪我はないですか？」

「にゃいでしゅ。道がわからなくて、木に登っていたら落ちたの。本当にごめんにゃしゃい」

深々と頭を下げると、ダークブラウンの髪の毛が顔を隠した。

「私も怪我なんてしてないし、大丈夫だよ」

サミュエルがそう言うと、女の子は安心したのか、すぐに顔を上げてにこっと笑う。

その瞳の色はテオドルスの瞳の色とそっくりだった。

(髪の毛の色が金色なら、本当によく似ている)

気になったサミュエルは、女の子に名前を尋ねた。

「私は薬園で働いている、サミュエル・ランゲです。お嬢さんのお名前は？」

「えっとね、わたしのにゃまえは、レオンティーヌでしゅ」

その名前を聞いてサミュエルの動きが止まった。

テオドルスに娘がいることは知っているが、離宮に住んでいるとしか聞いていない。テオドルスはまるで、隠しているかのようにその子を表に出さないし、そもそも子供の話題にも触れないせいで、最近雇用された者の中には、彼が子持ちだと知らない者もいるほどだ。

しかも、離宮からこの白樺林までは距離があるし、薬園の近くには池があり、子供一人で歩かせるには危険である。どう考えても二歳の王女がお付きもなく一人で、外にいるのはおかしい。

「レオンティーヌ様の乳母や侍女はどこにいるのですか？」

この質問に戸惑うレオンティーヌは、三日前のヨリックとの最後の会話を思い出していた。

家庭教師に見捨てられたあの日の出来事だ。

「ふー……話しぇば長いの。わたし、家庭教師のしぇんしぇいを見ちゅけなければならにゃいの。でも、一番大事なのは、本がいっぱいある王宮の図書館に行くことなのでしゅ……」

小さい女の子が迷って困っているのならば、その願いを叶《かな》えて家庭教師を探してあげたいが、この子の場合、今頃乳母や侍女たちが血相を変えて捜しているに違いない。

「うーん……、今日は図書館を目指すのはやめにして、乳母たちが待っている離宮に帰りましょう。後日改めてレオンティーヌ様の家庭教師を見つけるお手伝いをしてさしあげるので。だから、一旦お戻りになりませんか？　きっと皆さんが心配していますよ」

じーっとサミュエルを見つめるレオンティーヌ。

「うん、わかったわ。帰りましゅ。じゃあ、じぇったいに、手ちゅだってね」

素直に提案を受け入れてくれたので、サミュエルはほっと一安心していた。レオンティーヌが帰らないと駄々をこねたらどうしようと内心ひやひやしていたのだ。勝手に離宮を出てくるなんてお転婆だと思っていたが、聞き分けのよい子だと見直していた。

サミュエルはレオンティーヌを離宮に送るために立ち上がり、放り投げていた鞄を拾う。が、うっかり鞄の取っ手を持ったつもりが、全く反対の鞄の底を持ってしまった。

当然鞄の中の本がバサバサと地面に落ちる。すべての本が開いた状態でレオンティーヌの前に散乱した。

瞬時にすべての本から金色の糸がとどめなく湧き出して、レオンティーヌに吸い込まれていく。

サミュエルは目を真ん丸にして、穴があくほどレオンティーヌを凝視する。

「今、レオンティーヌ様の瞳は金色になっていましたよ。なぜだろう？　光の加減かな？」

サミュエルには金色の糸が見えていなかった。

「サミュエルしゃんは、他に何か見えまちたか？」

「いや？　レオンティーヌ様の金色の瞳だけです」

「き、きっと、わたしの瞳が金色に見えたにょは、光が重なったからでしゅよ～」

「うん、きっとそうですね。今日は日差しが強いから……」

サミュエルが開いたままの本を拾い上げ、レオンティーヌに見せるようにして、なにげに目に入ったある単語を指差した。

「この本のこれを探しているんです。大事な人の病気が、これで治るかもしれなくて……」

「ギョーイはこのあたりにはにゃいけど、離宮の庭にありゅよ」

にっこり笑うレオンティーヌに、サミュエルは驚き、バサッと本を落として固まった。

しかし、レオンティーヌは自分が何をしでかしたのかまだわかっていないようだ。

レオンティーヌが怪訝《けげん》な顔で、サミュエルを覗《のぞ》き込む。

わなわなと震えていたサミュエルは、驚きを押し殺し、なんとか笑顔をつくる。

「じゃあ、離宮に着いたらこのギョーイがあるところまで連れていっていただけますか？」

彼は笑顔を向けたまま、努めて穏やかに言う。

「うん、わかった。サミュエルしゃんを案内しゅるね」

レオンティーヌはあっさりと快諾してくれる。サミュエルは彼女と手を繋ぎ、離宮に向かうことになった。


王宮内の北にある離宮を目指してレオンティーヌと一緒に歩いていると、ずっと先に東へと横切って行くヨリックを見かけた。すると、レオンティーヌがありったけの声で叫ぶ。

「ヨリックしぇんしぇーい！」

遠目に見ても、ヨリックの全身がビクッとなったのがわかった。

今の感じだと絶対に、レオンティーヌの声はヨリックに届いたはずなのに、なぜか回れ右して立ち去ろうとしている。不思議に思いサミュエルも、ヨリックに声をかける。

「ヨリックさんじゃないですか？」

サミュエルはよく図書館を利用するため、司書のヨリックとは顔なじみだ。

ヨリックが、振り返りわざとらしく、たった今気がついたふうを装う。

「これはどうも、サミュエル様ではないですか？　レオンティーヌ様と一緒にどちらに？」

ヨリックは引きつった顔をごまかそうと、頑張って微笑んでいる。

そんなヨリックの質問には答えず、サミュエルは興奮気味にヨリックに尋ねた。

「もしかしてヨリックさんが、レオンティーヌ様の家庭教師なのですか？」

「その……ですね、先生といっても、先日レオンティーヌ様と挨拶を交わした程度でして、本格的に勉強を教えるのはこれからで、それもこれからどうなるか……」

「ぜひ、ヨリックさん、レオンティーヌ様の勉強を見てあげてください！　彼女は……」

歯切れの悪い返事をするヨリックに、サミュエルは喜々として一押しした。さらに声をワントーン落として続ける。

「驚かないでくださいよ。実はレオンティーヌ様は『天才』かもしれません」

ヨリックは目を眇《すが》めて、「てへっ」と笑うレオンティーヌを見ていたが、サミュエルはますますテンションを上げる。

「ヨリックさんはギョーイを知っていますか？」

そんな言葉に心当たりがないのか、ヨリックは、考えながら首をかしげた。

「ギョーイ……？　それはなんですか？」

「やはり……」

そうつぶやきながらサミュエルは、うっすらと口元に弧を描いた。その瞳は得がたい者を見つけた喜びに輝いている。

サミュエルは鞄から例の古文書を取り出して、ヨリックに見せた。そして、表紙をめくろうとする。

ヨリックは慌てた様子で手を伸ばしかけたが、サミュエルは気にせず本を開いた。

が、なにも起こらなかった。

サミュエルの前で、レオンティーヌとヨリックがひそひそと話し始める。

「本が落ちたときに開いちゃって、読んじゃいまちた」

「彼に見られたのか？」

「サミュエルしゃんは、金色の糸は見えにゃいから大丈夫でしゅ――」

　二人のひそひそ話が終わったと同時に、サミュエルは開いていたページをヨリックに向けて見せた。

「この書物を見てください。この文字がヨリックさんには読めますか？」

　ヨリックはほっとしたような表情を見せたあと、真剣な目つきになる。

「どこの国の文字だろうか？」

　王宮図書館に勤めていたヨリックでも、見たことのない文字のようだ。

「そうなんです！　わからないのが当たり前なんですよ！　この文字は遠い異国の書物で、さらに古代の書体で書かれたものです。この文字をすらすら読める者がこの国にいるはずがないのです！　しかし、いたんですよ！」

　ヨリックは頭を押さえているが、サミュエルは嬉しさのあまり、つい熱くなってしまいお願いをする。

「ヨリックさん、少しの間でいい。私の研究をレオンティーヌ様に手伝っていただくことはできないでしょうか？」

「それは少し考えさせていただけませんか？　それに、オルガさんたちも心配していると思うので、先を急ぎましょう」

　ヨリックに言われるまで、離宮で待っているオルガのことを、サミュエルはすっかり忘れていたのだ。慌てた彼は、「失礼します」とレオンティーヌを抱き上げ、急ぎ足で離宮に向かった。

　離宮に着くとサミュエルは、オルガの説教からレオンティーヌを守る盾にされている。サミュエルの後ろに隠れて、『助けて』と言わんばかりの小さな王女様の無垢《むく》な瞳に絆《ほだ》されて、サミュエルも一緒に長い説教を食らったのだった。

　オルガから解放された二人は、離宮の裏手の庭園にある花壇に向かう。そこには、小花が密集して一つの大きな花に見える植物が咲いていた。ピンクの花びらにまるで塩をまいたような点々がついていた。

「これが、ギョーイで、普通は、アジシオサイって呼ばれてましゅね」

「ああ、雨期に咲くこの花のことだったのですか。まさか、ギョーイがこの花だったなんて、思いもしなかったです。本当にありがとうございます。これで薬の完成がまた一歩近くなりました。」

　サミュエルはレオンティーヌの前にひざまずいて、深く頭を下げる。

「やはり、あなたの力が必要です。ぜひご協力ください」

「わたしは本も読めて、植物の種類も見分けられるから、やってみたいでしゅが……」

　サミュエルとレオンティーヌが、難しい顔をしているヨリックに視線を移す。しばらく腕組みをして悩んでいたヨリックから、最終的に許可をもらうことができ、サミュエルはレオンティーヌと抱き合い喜んだ。

◇□　◇□

レオンティーヌが離宮から脱走した二日後から、ヨリックとの授業は、サミュエルの薬園の隣の研究所の一室で行われることになった。

当初オルガは、なぜそんなところで授業をするのだ、と抗議していたが、レオンティーヌがうまくオルガを丸め込んだ。サミュエルの薬園には、エイジングケアの薬草があるらしいと言えば、すんなりと了承してくれたのだ。

そして、オルガも授業に行く前にはこそっと、でもしっかり薬草のおねだり。

「レオンティーヌ様、ちょこっとでもいいので、サミュエル様にお願いしてみてくださいね」

「まかしぇてくだしゃい。例のものはかならじゅゲットしてきましゅ！」

女性とはいくつになっても美しくありたいし、乳母といっても彼女は二十九歳。まだまだ女盛りだ。

「いってらっしゃい」と満面の笑みで手を振って見送ってくれたのだった。

薬園に着くと、レオンティーヌはサミュエルと共に、薬草を探すところから始まった。

まず、古文書をレオンティーヌが訳す。それを元に、サミュエルが薬草を探す……のだが、説明している文章が大雑把すぎて、わからないものが多い。

例えば、現在行きづまっている薬草でいうと、『葉先がギザギザで葉脈が薄く目立たない葉っぱ』としか書かれていないのだ。その情報だけで一万二千平方メートルの広さの敷地にある九千五百種類もの薬草の中から探し当てるなど不可能である。

古文書に書かれた薬草が全く見当もつかず、二人で頭を抱えていた。

少し休憩をとってから違う手段を試みようとなる。この休憩の合間にもヨリックから前の日授業で見せられた薬草図鑑と同じ草花を間近で観察し、その特徴を教わっている。特に毒にも薬にもなるという植物は、ルーペで見て詳しく調べた。

その勉強も一段落したレオンティーヌは、サミュエルに質問をする。

「サミュエルしゃんは、誰の病気を治したいのでしゅか？」

テオドルスが妻を亡くしてから、長い間レオンティーヌとは距離を置いていて、会っていないことは有名だ。

「それは……その……テオドルス陛下の頭痛がひどいということで、陛下に合うお薬を作りたいのです」

レオンティーヌは大きく瞬きを二回して動きを止めた。レオンティーヌはテオドルスの名前を聞いて、胸の奥に鉛の玉が落ちてきた感じがしたが、今までにない感情で泣きたいのか、怒りたいのか、どうしたいのかわからない。

ただ、レオンティーヌは「しょっかー……」と言うのが精いっぱいだった。

まだ二歳のレオンティーヌには、父が、全く会いに来ないという事実はつらいものだ。しかも、同じ王宮にいるのにである。

行き詰るサミュエルに落ち込むレオンティーヌ。この状況を見かねたヨリックは、レオンティーヌが行きたがっていた王宮外にある図書館に行って、薬草図鑑を探そうと提案した。

図書館という単語に、レオンティーヌは急に元気になる。

「町に出りゅのも初めてだし、図書館も行ってみたかったんでしゅ！」

「お忍びなので、完全な変装スタイルで行きますよ」

レオンティーヌにとって、お忍びと変装というワードはなんだかスリリングで魅力的。耳にするだけで、すでにうきうきしてしまう。

休憩もそこそこに、ヨリックがオルガに事情を話し、急いでレオンティーヌは着替えをすませた。

そして、完成したのが可愛い町の少女。

レオンティーヌは町に溶け込む衣装でよかった。だが、サミュエルとヨリックが問題だった。

ヨリックは黒髪の短髪眼鏡のイケメン、サミュエルは緑のふわふわの髪を無造作に伸ばしたこれまたイケメンだ。

この二人に連れられた二歳児。目立つし、高身長の二人に挟まれて歩くと、余計に恥ずかしい。

（イケメン好き、または腐女子の皆さんからしたら、私はお邪魔な位置にいますよね？）

居たたまれない思いをしたが、初めての町歩きに感激していると、それもすぐに忘れて大はしゃぎ。

「町並みがしゅてきー！　あのおみしぇに入ってもいい？」

指差したのは、いかにも住民に愛されていそうな、町の本屋さん然とした古く小さな書店だった。

こんな町中で、あのスキルを見せるわけにはいかないと、ヨリックは必死に止める。

「ダメだ！」

「なんで？」

「ダメなものはダメ！」

「だから、なんで？」

このやり取りを、二回繰り返す。それでも諦めないレオンティーヌに、ヨリックが必殺正論『立ち読み禁止！』を突きつけて黙らせることに成功する。

渋々諦めたレオンティーヌは、本来の目的地である図書館に向かうのであった。

可愛い街並みに合わない、教会のような厳《いか》めしい建物が姿を現す。この建物が王都にある有名なバリオーノ図書館である。

バリオーノ図書館には大勢の人が出入りをしていて、利用者が多いことがわかった。

入り口を一歩入ると、見渡す限りの本棚。ワックスがかけられた木の床は、艶のある焦げ茶色で、重厚感を漂わせていた。この歴史ある王立図書館の雰囲気にぴったりである。

司書をしていただけあって、ヨリックは何度もここを訪れたことがあるようだ。彼はレオンティーヌたちを先導し、脇目も振らず、まっすぐに植物の本が並んでいる棚までやって来た。前の棚も後ろの棚もすべて薬草関係らしい。

思っていた以上の本の数に圧倒されるレオンティーヌの横で、サミュエルは脱力している。

「この中から目当ての植物を探すのか……ふぅぅぅぅぅ」

肺の中の空気をすべて出しきったのではなかろうか?というほど、サミュエルが長いため息をつく。

「でも、頑張るよ」と立ち直り、彼は一冊の本を手に取って一心不乱にページをめくる。『葉先がギザギザ、葉脈が薄い……』と念仏のように唱えながら。

そんなサミュエルの様子を横目で見ながら、レオンティーヌは、ここが奥まっていて見えにくい場所でよかったと思った。

レオンティーヌとヨリックは頷くと片っ端から薬草に関する本を開いていく。隣のサミュエルには金色の糸は見えないことは確認済みなので、気にすることなく本を広げた。

『薬草植物図鑑』はもちろん、他には『蔦《つた》に恋した僕の日常』というエッセイまでも開いてインプット。

ひそひそとヨリックがレオンティーヌに聞く。

「見つかりましたか？」

「まだでしゅ。もっと持ってきてくだしゃい」

オッケーサインを出すヨリック。

そして、ヨリックが慎重に選んだ本を、開いていた三分後。

「ありまちた！」

レオンティーヌの声より先にサミュエルがこっちを向いていた。しかも、目を見開いている。

でも、大丈夫だ。サミュエルは金色の糸が見えないようだったし、そこは気にしなくてもよいのだが、問題はわずか三分しか経《た》っていないのに、サミュエルの五倍の本が積まれていることだ。

「もう、そんなに見たの？　二人で？」

苦笑いする二人を怪しみながらも、レオンティーヌが見つけたという植物を確認するサミュエル。

それは、たで科の植物で、とても小さい葉である。さすがのサミュエルもこれには気がつかなかった。想像していた葉は、もっと大きいものだと思っていたが、レオンティーヌが見つけたのは一センチにも満たない葉っぱなのだから。

だが、形状は葉先がギザギザで葉脈が薄く目立たないという、古文書に書いてある葉と条件は酷似している。

図鑑の絵を覗き込むように見つめながら、サミュエルは「お二人はどうしてこれが古文書の葉っぱだと思ったのですか？」と至極真っ当な質問を述べた。

「でしゅよね。たったあれだけのヒントから、『これ』って推すには弱しゅぎましゅよね？どう言い逃れしゅるのでしゅか？」

レオンティーヌは、こそっとヨリックに丸投げする。

『この子は、どんな書物の情報も一瞬で記憶できるので、正解も見つけられるんです』と言えるはずもなく、二人が言葉を探していると――。

「さっきから見ていたのですが、レオンティーヌ様はこの短時間ですべての本を吸収されて、知識を自分のものとしていたのではないですか？」

サミュエルが爆弾を投下してきた。

「ななな、なんでそう思ったのですか？」

「にゃんでーっ、にゃんでしょう思ったの？」

二人が同時に大声で叫んだせいで、飛んできた司書に注意される。

二人が十分に小さくなって反省したあとで、改まってサミュエルを見た。

「えっと、だって、開いた本から金色の粒が糸のように連なって、レオンティーヌ様の中に入っていくのが見えたんです」

「「え？　え？　ええ？」」とおどおどして訳がわからない二人。

「だって、最初におしょとで本を開いて見た時は、何も見えにゃかったたって言ってたでしゅ」

ここで、ヨリックがのけ反って呻《うめ》き声を出す。

「あぁぁぁ……そうか、天気のいい日だったから、外では金色の糸が見えにくかったんだ！」

それを、レオンティーヌは、自分のスキルがサミュエルには見えないのだと誤解して、盛大に真横で本を開きまくっていたのである。

いうなれば……自爆。しかも派手にやってしまったようだ。

もうこうなったら、隠し通すことなんてできないと、レオンティーヌはヨリックと共に神妙な顔をして、洗いざらいカミングアウトした。

これを聞いたサミュエルは、再び長ーーいため息をついた。

「なるほど、レオンティーヌ様のスキルで古文書も読めたし、今回の薬草も見つけられたのか。それで、今レオンティーヌ様は古文書が読めて、植物図鑑もすべて覚えて最強になっているんですね」

最強という言葉に、ちょっと自慢げに「しょうでしゅね」とレオンティーヌは短い腕を組む。

これに対してヨリックは、まだこの能力が詳しくわかっていない以上、公にするのは避けたいとのことで、「どうぞご内密に」と繰り返していた。

「確かにこのようなスキルは、初めて見ました。わかるまで三人の秘密にしましょう」

サミュエルから、まるで『取り扱い注意』のような目でレオンティーヌは見られたのだった。

スキルがバレてしまったなら仕方ない。そう思ったレオンティーヌは古文書に書かれた頭痛に効く薬の材料をすべて翻訳し、得た知識を包み隠すことなくサミュエルに伝えた。

するとさくさく薬づくりは進んでいき……。

「できましたよ。これです」

サミュエルがビーカーに入った茶色い飲み物を見せてくれたが、少し離れていても苦そうなにおいがする。

「これで、おとーしゃまはよくなるの？」

「ええ、絶対によくなりますよ！　しかもレオンティーヌ様と一緒に作ったと言えば、テオドルス陛下も感激してくださるでしょう！」

サミュエルがさも嬉しそうに言う。

「ほえ？　おとーしゃまに言うの？」

考えてもみなかったことにレオンティーヌは慌てる。

「わたしのことを言う前に、そのくしゅりをちょっと飲ましぇてくだしゃい」

二歳の幼児は薬を飲めない。だから、サミュエルは渋ったが、手足をバタバタさせて食い下がるレオンティーヌに根負けして、ちょっと舐《な》める程度ならと許した。

そして指先につけた薬をぺろり。

「にっっがぁー‼　ダメでしゅ、サミュエルしゃん。じぇったいにわたしの名前を出してはいけましぇん。こんなに苦いくしゅりを飲まなければならなくなったら、きっと、わたしはおとーしゃまに恨まれてしまいましゅ。じぇったいに、わたしの名前を出しゃにゃいでくだしゃい！」

普段から会ってもくれない父親なのに、さらにこれ以上嫌われたら王宮から追放されてしまうかもしれない。

だから、ここはちゃんと『言わない』という言質《げんち》をとらないと、とレオンティーヌは必死になる。

「そんなにおっしゃるのでしたら、言わないでおきます。でも、絶対にお喜びになると思うのですが……」

残念そうにするが、しつこく頼むレオンティーヌに最後は同意してくれたサミュエルだった。

第二章　父と母の物語

　昨年前国王が死去し、十八歳で若き国王になったテオドルス・エールトマンスのもとには、毎日のようにあちこちの貴族から妃《きさき》候補の令嬢たちの情報が届いている。けれど彼は、幼い頃に出会った伯爵令嬢であるライラが大好きだった。

　彼に近づいてくる貴族令嬢たちはみんな、王宮に来ては侍女たちに無理やわがままを言い、高慢な態度で振る舞う。それなのに、テオドルスがいる前では、猫撫《な》で声ですり寄るのだ。

　いつだったか、お茶会に招いた令嬢の一人が、侍女に『紅茶の淹《い》れ方がなっていない』だとか、自分がぶつかったくせに『こぼれたわよ！　さっさと拭きなさい！』と怒鳴っているところに出くわしたことがあった。

　だが、テオドルスが席に着くと、お茶を淹れてくれた侍女に向かって『まあ、ありがとう』と言って侍女にまで気遣う私を見て！という感じで、全く違う顔をして礼を言ったのだ。

　うんざりしたが、テオドルスは日頃からそれが令嬢の姿だと思っているため、今さら深く追及する気にもならなかった。

　そんなある日の退屈なお茶会で、いつものように令嬢の話を半分に聞き流しながら過ごしていたら、本好きのライラが、前が見えないくらいに積み上げた本を抱え、外廊下をよろよろと歩いていくのが見えた。

テオドルスは反射的に席を立ち、「用事を思い出したので、今日はこれで失礼するよ」とさっさとその場を離れる。

「ええー。もう?」

名残惜しそうにする令嬢たちだが、その後は令嬢同士の罵り合いになるまでがこのお茶会の一連の流れなので、早めに切り上げても問題ない。

「ライラ、またそんなに王宮の図書館で本を借りたのか?」

テオドルスはライラの持っていた本を、二冊残してあとは全部自分が持った。

「テオドルス殿下が、王宮の図書館に自由に入れる許可書をくださったから、本当に毎日が楽しいです」

嬉しそうにライラが笑う。テオドルスは。この笑顔を見たくて許可書を渡したのだ。王宮のお茶会に招いても、丁寧な参加辞退の手紙が届き王宮には来てくれない彼女に、どうすれば、自分の近くに来てくれるか考えた末のものだった。

お互い十歳の頃、テオドルスの婚約者候補を一斉《いっせい》に王宮のガーデンパーティーに招待することがあったが、その時テオドルスが唯一気になった女の子である。

それから何度も王宮の催しに招いて距離を縮めようとするが、全然うまくいかない。

それで、ライラの父である伯爵に彼女の好きなものを聞いて、ようやく趣味が読書だと情報を得たのだ。

それからはひたすら読書を絡めた猛攻を仕掛けた。

ライラの好きな小説がオペラになったと聞いて、その舞台に誘って一緒に観劇したり、シリーズものの新作が出たと知れば、すぐ侍女に買いに行かせ、ライラに自分は新作を持っていると言ったり、事あるごとに王宮に呼び寄せた。

その甲斐《かい》あって、ようやくライラはテオドルスに屈託ない笑顔を向けてくれるようになったのだ。

それから四年、さらなる努力を重ね、プロポーズ。

最初ライラは、返事を渋っていたが、一年と半年かけて何度もお願いした結果、二十四の時にやっとよい返事をもらうことができた。

それからのテオドルスの行動は早かった。ライラの気が変わらないうちにと、婚約、結婚を大急ぎで進める。

十歳の時にライラを見て受けた衝撃は初恋であり、あの日から十四年この想いを辛抱強く育んだ集大成だ。どちらかといえば奥手で引っ込み思案なライラを、王宮に誘うことも一苦労だったが、焦らず本当に頑張ったものだと、自画自賛。

初夜の美しいライラを見たときは、感極まって目頭が熱くなり、その様子に驚いたライラに抱きしめられた、なんてこともあったのだ。

それからも、溺愛という言葉がぴったりなほど、ライラを大切にした。

毎朝ライラの「いってらっしゃい」の声を聞くと、出かけるのが嫌になる。王宮内にいようが外にいようが、どんなに仕事が忙しくてもお昼ご飯を一緒に食べる。そして、再び午後からの仕事に出かけるが、一歩外に出ると、またすぐに彼女のもとに帰りたくなる始末。

とにかく妻に会いたい、妻のそばにいたい！という思いが募り、仕事を終えると飛んで帰ってくる。

そんな毎日を過ごしていたある日。テオドルスが二十七歳の時だった。

大事なライラが体調を崩し、テオドルスは心配していた。しかしそれは幸せな、懐妊という知らせだった。

そして翌年、待望の娘が生まれた。娘が瞳を開けると自分そっくりな深緑色の瞳に、母親譲りのダークブラウンの髪の毛。

何よりも嬉しかったのは、娘がライラの幼い頃によく似ていたことである。気がかりといえば、生まれた娘の右前腕にある王紋が少し薄いことと、魔法属性と思われる模様が、今までにない未知のものであったということくらいだ。テオドルスにとっては些末《さまつ》なことである。

ライラとレオンティーヌ。この二つの宝物を守りたいと、テオドルスは強く思ったのだった。

レオンティーヌが生まれてから三か月、テオドルスはいっそう幸せな日々を過ごしていた。

今日もライラがレオンティーヌをあやしながら、仕事のために政務棟に向かうテオドルスを見送ろうと玄関ホールまでやって来た。

「今日も行かなければいけないのか……。仕事に向かうのがこんなにつらいなんて……。今日もなるべく早く帰ってくるからね」

テオドルスはライラとレオンティーヌの頬に軽くキスをして、名残惜しそうに出かけていった。

◇□　◇□

侍女たちはあきれながらも微笑ましく見守っている。

「さあ、ライラ様。今日はカイゼル伯爵夫人のお茶会に出席される予定がありますので、急ぎご用意をお願いします」

オリーブ・カイゼル伯爵夫人は、テオドルスの祖父の姉、つまり国王夫妻の大伯母に当たる人物で、とても気難しい。それゆえ、侍女たちがいつにも増して気合いが入っている。

お茶会の時、オリーブはいつも珍しい食べ物を用意してくれる。以前ライラがテオドルスにそのことを報告すると、『きっと大伯母はライラを気に入ってくれているんだな』と嬉しそうにしていた。その時ライラは笑顔で返したが、内心、素直に喜ぶことができなかった。

「今日もどのような珍しい食べ物があるのかしら?」

出かける準備をすませると、ライラが侍女に尋ねた。お茶会で何が出てくるのか見当もつかない彼女の気持ちは沈んでいる。

実のところ、オリーブは厄介な人で、見たこともない食べ物を侍女に用意させ、その食べ物を前に、戸惑うライラの姿を見ては、『教養のない人は食べ方も知らないのね』と言い放つ悪質な嫌がらせをしていたのだ。

それを目の当たりにしていたライラの侍女たちは、今日こそはと気合いを入れていた。彼女たちは今日のお茶会でどんなものが用意されていてもいいように、たくさんの書物を読みあさり、ライラの助けになろうと連携していた。

ライラ自身も多くの本を読んで、少しでもオリーブに納得してもらえるように勉強をしているが、やはり気が重い。しかも今回ライラは、可愛い我が子を置いていくことに後ろ髪を引かれる思いだった。

ライラはレオンティーヌを抱き上げて頬にキスをすると、名残り惜しそうにオルガに預けた。

「なんだか、テオドルス様が毎朝渋っていらっしゃるお気持ちが理解できましたわ。これほど可愛い王女様と離れるのは寂しいですもの」

「うふふ、レオンティーヌ様が大きくなられて、ご結婚なさる時の陛下のご様子が想像つきますわね」

そんなふうに侍女に冷やかされ、気持ちを切り換えたライラは、カイゼル邸に向かったのだった。

カイゼル邸に着くとオリーブは、表向きはライラを歓待した。テラスにあるテーブルに案内し、着席を促す。ライラが席に着くと、早速異国の変わった食べ物をテーブルに出してきた。異国の果物だというが、とてもフルーティーとはいえない、ただ独特な甘ったるい匂いが溢れ出ていた。しかも、スプーンやフォークでは食べられそうにない、硬い甲羅のような皮で覆われている。

訳のわからない食べ物を前にライラは困っていた。それを見たオリーブが嬉しそうな顔で「どうぞ」と勧める。

どう見ても、硬い皮は食べることもできなそうな果物で、手で割っていいのかもわからない。

「どうしたの？　食べないの？　あなたのために遠い異国の地からわざわざ取り寄せたというのに」

戸惑うライラにオリーブは怪訝そうな顔をして言うと目を細める。

そして、そばにいた自分の侍女に目配せをする。

「わからないようだから、切ってさしあげますね」

侍女は甘ったるい香りのする果物を真二つに切ってさらに、その果物を握りつぶして皿に放り投げた。

果物の汁が飛び散ると辺りにその強い香りが充満する。

「このように握りつぶした食べ物を出すなんて！　ライラ様にお召し上がりいただくわけにはいきません！」

ライラの侍女が抗議するが、オリーブは知らぬ存ぜぬ我関せずだ。しかし、ここで誰も予想しなかったことが起きてしまった。

「キューーーイ！」

耳が痛くなるような甲高い鳴き声が聞こえ、皆が声のする方を見上げた。すると、甘い匂いに誘われたのか、瑠璃色の魔鳥が、二十羽ほど先を争うようにテーブルに飛んできて、オリーブやライラに向かって襲いかかったのだ。

その時に一羽の鉤爪《かぎつめ》がライラの腕を傷つけた。一緒にいたオリーブも顔に大怪我を負う。

護衛たちが急ぎ女性たちを屋敷内に連れ込むが、魔鳥らしきその鳥が果物を食べて、屋敷から飛び立つまで医師を呼ぶこともできずに待つしかなかった。

やがて、瑠璃色の魔鳥は果物がなくなるとあっさり飛び去っていった。

ライラの腕の傷は帰る頃には紫色に腫れ上がっていたのだ。

王宮に帰り着いたライラは侍女に連れられて寝室に直行した。

その後発熱し、夕刻には高熱となり、あっという間にライラは起き上がれないほど衰弱してしまった。

◇□　◇□

テオドルスは国中の医者という医者を呼び集め、原因究明と治療を試みたが、一向に治ることもなく、ライラはどんどんと衰弱していった。

この時に初めて、テオドルスは自分の大伯母が、ライラをお茶会と言って誘い出しては、いじめていたことを知ったのだ。そんなことになっていると知らなかったとはいえ、送り出していた自分を責めた。

ライラはテオドルスの親戚のことで心配をさせたくないと黙っていたのだ。この優しい妻をなんとしても救いたい。

テオドルスが必死で治療法を探すも、見つからず、とうとうその時はきてしまった。ライラが彼を見て微笑むことは永遠になくなってしまったのだ。

悲しみに暮れるテオドルスにとって、ライラによく似たレオンティーヌを見るのがつらかった。ライラを守れなかった負い目。治療法すら見つけられなかった悔しさ。すべて自分が不甲斐ないせいだと、自分を責める日々。そして、娘から母を奪ったのは自分なのだと、レオンティーヌの姿を見ることが怖く、つらくなっていったのだ。また、自分のそばにいればこの子に不幸なことが起こるのではと、よくないことばかり想像してしまう。

ライラを失ってから、テオドルスはまるで自分を追い込むように仕事にのめり込み、さらには戦の最前線にも向かうようになる。

その姿はまるで魔王のようだと敵味方関係なく恐れられ、さらに血まみれのまま馬上に姿を見せて凱旋《がいせん》するので、子供や女性には特に怖がられるようになってしまった。

王宮に帰ってきても、テオドルスはレオンティーヌを避け続け、離宮にも行かなくなったため、レオンティーヌが物心がついた時には、父の顔も知らず育っていた。

オルガや侍女たちは、なんとかテオドルスに離宮に来てもらおうと、レオンティーヌの成長をたびたび報告しに執務室を訪れたが、まるで税務報告を聞くように無表情なのだ。

しかし、レオンティーヌに興味がなかったわけではない。むしろその反対だった。レオンティーヌの成長の報告の間中、テオドルスは祈るような気持ちで、聞いていたのだ。オルガの口から、レオンティーヌが病気になった、または怪我をしたと発せられるのではないかと気が気でなかったのである。

レオンティーヌのことを聞けるこの機会は、テオドルスにとって楽しみであり、恐怖の時間でもあった。だが、いつも険しい表情でレオンティーヌのことを聞くテオドルスの心情を誰が理解できようか。

そのうちオルガもミーナも諦め、誰もレオンティーヌの成長ぶりを報告しに来なくなってしまい、テオドルスは我が子の寝返りやハイハイ、立ったことすら全く知らずにいるという、不自然な事態に陥ったのだった。

笑い声の絶えなかった離宮は、ひっそりとしてしまった。

たまに聞こえるレオンティーヌの泣き声さえも、周囲に聞かれてはならないものとして、オルガやミーナは細心の注意を払っているようだった。

彼女たちを含め、離宮で働く者たち自身も声を落として、さらに静かに生活するようになっていく。

◇□　◇□

再び活気を取り戻し始めたのは、レオンティーヌが、おしゃべりができるようになった頃からだ。

レオンティーヌは、普通の赤ちゃんよりも泣くことが少なかった。

だが、言葉を話せるようになると、どこでそんな言葉を覚えてきたのだと不思議なくらい、語彙《ごい》が豊富でおしゃまな女の子になっていった。そうなると、再び離宮は、笑い声やたまに乳母がレオンティーヌを叱る声もあったが、明るさを取り戻していく。

母を知らない、さらに父も知らない王女に、乳母や侍女たちは、家族のように接し、時には厳しく、時には甘やかし、離宮にいるすべての人が温かく、レオンティーヌを見守っていた。

そのおかげで、レオンティーヌ自身も寂しさなどとは無縁で、すくすく育ったのだった。

第三章　おとーしゃま？

サミュエルが持ってきた薬は、少し苦いが、煮出して朝晩二回、食前に服用するだけで、どんどん頭痛がなくなり、いつも頭の片隅に残っていた頭痛の種が小さくなっていることを、テオドルスは実感していた。そして服用を始めて五日目の朝。

いつもなら、目覚めた時から頭痛に襲われていたのが、今朝はスッキリして、体が軽くて驚いた。

「こんなに爽快に目が覚めたのは、久しぶりだ……。さすが、サミュエルだな」

寝所から起き上がったテオドルスが、ダイニングに向かうと、執事がすぐに茶色の例の飲み物を運んで、目の前に置く。

「ああ、相変わらずのにおいだ」

独特な香りだが、ためらわず一気に飲む。その様子に、執事がテオドルスの調子がいいことに気がついた。

「テオドルス陛下、今日はずいぶんと調子がよろしいようですね」

「ああ。この薬のおかげで、頭痛がない。そうだ、今日はサミュエルに会う約束はしていなかったが、薬園にいると聞いたな。寄ってみるか」

「よろしいかと存じます」

丁寧に挨拶をして去る執事は、薬園の近くにある、レオンティーヌが住む離宮にも行ってほしいと思っているようだが、そこまで踏み込んではこない。

◇□　◇□

サミュエルが薬園でしゃがみ込み、雑草を抜いていると「精が出るな」とテオドルスから声をかけられた。

その晴れやかな顔を見て、サミュエルは薬の効き目を期待して尋ねた。

「そのご様子では、お体の調子はよろしいのですね？」

「ああ、ありがたいことに、全く頭痛もなく、スッキリしている。これもサミュエルが大昔のどこぞの古文書を読み解いて、薬を作ってくれたおかげだ。礼を言う」

頭を下げようとするテオドルスを遮った。

「あの‼　その……テオドルス陛下に、お話をしておかねばならないことがあります」

「なんだ？　もったいぶって」

迷っていたサミュエルだったが、レオンティーヌとの約束を反故《ほご》にしてまでも、真実を言わなければならないと思った。

思いきって口を開く。

「実は、あの薬のことですが……、私一人で作ったものではないのです」

「うん？　まあ創薬研究所には、助手も研究員もいるからな。」

「研究員とかではなく……手伝ってくれたのは、レオンティーヌ様です！」

「……新しく入った助手の名前か？」

レオンティーヌの名前を出してしまったが、テオドルスの反応はない。まさか二歳のレオンティーヌのことだとは気がついていないようだった。しかし、テオドルスの返答も、サミュエルは想定していたことだ。

「いえ、研究員ではなく、レオンティーヌ王女殿下が、お手伝いくださったのです！」

ここまできたらちゃんと言った方がいい！　そう決意したからこそ、はっきり言ったのだが、テオドルスには正確に伝わらなかった。

「まさか。娘は二歳だぞ？　冗談を言っているのか？」

「いいえ、冗談などではなく、レオンティーヌ様は毎日薬園に、お手伝いに来てくださっているのです」

「そうか、お手伝いか……。相手をさせて悪かったな。研究所を遊び場にしないように、オルガに言っておこう」

レオンティーヌがいなければ、この薬は作れなかった。それなのに、伝わらないどころか、王女の遊び相手をさせられて迷惑をしていたと、テオドルスに勘違いまでさせてしまった。

サミュエルが考えていた展開では、『私のために、娘のレオンティーヌが薬を作ってくれたのか！　それなら、会って礼を言おう』とテオドルスとレオンティーヌが感動の再会！となるはずだったのに……。

全く違う展開に、あまりにも焦ったサミュエルは、言葉がうまく出てこない。

「ちちち違います。ほほ本当にレオンティーヌ様は賢くて……」

「大丈夫だ。わかっているよ」

何をわかったと言うのだ？　サミュエルが何かを言う前に、テオドルスは頭を軽く下げて、薬園から出ていってしまった。

サミュエルは呆然《ぼうぜん》と立ち尽くす。そしてハッと我に返り、震えだす。

「私は親子の絆《きずな》を取り戻してほしかったのに、へたなことを言ってしまった！　これでは逆効果じゃないかぁ」

サミュエルは、このままでは、研究所を遊び場に使うわがままなレオンティーヌ様だと、テオドルス陛下に思われたままになってしまう、と慌てていた。

サミュエルは知り得なかったが、当のテオドルスは、レオンティーヌをわがままだと思って言ったわけではなく、危ない薬がたくさんある研究所で、レオンティーヌが怪我をしたらと、心配してのことだった。

だが、そうとは知らず、自分の失言に悩むサミュエル。

「どうすればいい？　こんな問題、どう考えても薬では治らない……」

サミュエルは頭を抱えてしゃがみ込んでいたが、救世主の声が彼の頭上に響いた。

「どうしたのですか？　こんなところでうずくまって」

見上げると、眼鏡を上げる仕草が冷たく見えて素敵、と評判のヨリックだった。

「ああ、ヨリックさん！　私に力を貸してください」

足元にすがりつくサミュエルに、「はあ」とため息をつくヨリックは、「何があったのですか？」と尋ねてくれているが明らかに面倒くさそうだ。

話し終えたサミュエルは、申し訳なさそうにしょんぼりして小さくなっている。

「私の説明不足のせいでこんなことになってしまって、レオンティーヌ様にも陛下にも申し訳ない……」

「確かに、言葉が足りなすぎます。すぐに訂正をなさっていたら、こんなことにならなかったものを‼」

ふんっと、鼻を鳴らすヨリックを、サミュエルは恨めしそうに見る。

「ずいぶんと態度が冷たいように思うのですが……」

サミュエルの方が一つ年上だ。しかも創薬研究所の所長であるサミュエルは、元司書で現在王女の家庭教師のヨリックより立場的にも上である。

しかし、ヨリックは態度を軟化させず、さらに高圧化。

「研究者って論文はすらすらと書けるのに、なぜ大事な言葉一つその場で言えないのです？」

ヨリックの言う通りなので、サミュエルはさらに小さくなる。このままではゴマ粒くらいになるかもしれない。

「終わったことを言っても仕方がない。では、今度はテオドルス陛下を研究所にお呼びして、そこでレオンティーヌ様の姿をご覧いただきましょう。百聞は一見に如《し》かず、ですよ」

「ああ、なるほど」

サミュエルはやっと顔を上げて安堵《あんど》する。

そうと決まると、ヨリックの行動は速かった。細かい打ち合わせは、頼りになる味方のオルガを加えて、恐るべき速さで、綿密に計画されたのだ。

なぜなら、テオドルスがレオンティーヌを研究所に入れないようにオルガに伝え、そのままオルガがレオンティーヌに言ってしまうと、親子間の溝はさらに深まるだろうし、それを聞いたレオンティーヌがショックを受けかねない。

テオドルスの注意を、オルガで止めてもらうことが何よりも先決である。

この日から離宮と研究所は、レオンティーヌとテオドルス親子の絆を取り戻すための作戦会議の場所と化した。

そしてレオンティーヌを取り巻く大人たちが練り上げた作戦の決行当日。

まずは、サミュエルが雑草と薬草を交配させた結果、新しい薬草を作り出したから、見に来てほしいとテオドルスを研究所に誘い出すことになっている。

サミュエルが計画通りテオドルスに申し出ると『サミュエルを信頼しているから、思うように研究を続けよ。どうしてもそちらに行った方がいいのなら、ベルンハルトをそっちに向かわせよう』と言われてしまった。

ベルンハルトとは、ベルンハルト・コーク宰相のことで、強面《こわもて》テオドルスの代わりに、笑顔担当を引き受けていると、噂《うわさ》されるほどの柔和な人物だ。

だが、そのベルンハルトもすでに味方に引き込んでいる。

彼は『在来種の生態系に関係することですし、新種の開発については、その後の国益にも関わる重要なことです。これはぜひ、陛下に直接確かめていただかないと』とうまく断ってくれて、テオドルスを研究所に誘導した。

そして、現在サミュエルは新種の薬草について、研究所を訪れたテオドルスに丁寧に説明していた。

「つまり、この薬草は感冒時に起こる呼吸器症状を、改善する作用があります。ただ、雑草と交配したせいで非常に繁殖力があり、この種が他の畑に入ると、これに侵食される恐れがあるので、取り扱いには十分注意が必要になるでしょう」

「確かに、有用だが厄介だな……」

サミュエルが、考え込むテオドルスの様子をうかがっていると、小さな子供の声が聞こえてきた。

今がチャンスだ！とサミュエルが気づくも、先ほどまでは流暢《りゅうちょう》に話していたのに、ここから急に棒読みで呂律《ろれつ》も回らない。

「テオロロスへいか……ああ、ちょ、ちょうどよいところに……れれ、レオンティーヌさまがとなりのおへやで……今日も研究をされているようです……ご、ごらんください」

大根にも程があるが、ここまできたらやるしかない。

テオドルスの返事を待たず、サミュエルが強引に隣の部屋が見えるところまで引っ張っていく。

「おいおい、そんなに引っ張るな――」

久しぶりに見る我が子の姿に見入ってしまったようで、テオドルスが言葉を詰まらせる。

そこには、レオンティーヌが何やら書物を見て他の研究員に教えている姿があった。

「その、やくそうは、このしょもちゅに書かれているギョーイでしゅよ」

「でも、葉の色が全く違いますよ？」

研究員の一人が古文書と違うことを指摘しているが、レオンティーヌは首を振る。

「いいえ、一緒でしゅ。でもこれは……酸性の土壌でしょだったギョーイで、栄養分が低く、くしゅりとしての効果は期待できにゃいって書いてましゅ」

「なるほど！　そういったことも影響するんですね！」

研究員が頷き、必死にノートに書いている。それを驚愕《きょうがく》の様子でテオドルスは見ている。

「あ、あれはもしかして、レオンティーヌが、あの研究員を指導しているのか？」

やっと理解してくれた、と安堵するサミュエルは、ここぞとばかりにレオンティーヌを褒めまくった。

「そうなんですよ！　レオンティーヌ様は天才です。古文書も読めて、書物を読めばすべての知識を覚えて、我々を導いてくださるんです。まさに神童！」

熱弁を振るうサミュエルは、情報過多で何一つ受け入れられずにいるテオドルスの変化に、気がついていない。

テオドルスは、我が子がこんなに大きく育っていたことや、以前に見た時は首すら据わっていなかったというのに、歩いてしゃべっていることに驚いているのだ。さらには娘のことを『天才』『神童』と言われショックを受けている。

あまりの衝撃にテオドルスはサミュエルが止めるのも聞かずに、ふらふらしながら研究所から出ていってしまった。

サミュエルは再び呆然自失。ヨリックに「熱弁のしすぎだ」、と叱られて再び小さくなる。

作戦失敗に皆が意気消沈している中、特にひどかったサミュエルはなかなか立ち直れずにいた。

サミュエルはため息をついて、レオンティーヌを見ると涙ぐんでしまう。

◇□　◇□

レオンティーヌはサミュエルが涙ぐむ訳をヨリックに聞くが、「大人は情緒が不安定になる時があるものです。そんな時は放置が一番です」と答えるだけで、手を差し伸べることはなさそうだ。そう聞かされていても、レオンティーヌは気になり、サミュエルが元気になる方法を考える。

レオンティーヌは、気分の落ち込む時など、花を眺めると元気になることがある。サミュエルもそうするといいかもとひらめき、中庭に向かう。花壇の花を数本切り取り、可愛い花束を作った。

それを持って研究所に向かう途中で、一人の男性とぶつかってしまう。

「うにょっ」

レオンティーヌは変な声を出して尻餅をついた。

「大丈夫か？」

慌てて男性は抱き起こしてくれた。

「大丈夫でしゅ。ありがとうごじゃいましゅ」

きちんと礼を言ったが、男性からは何も返事がなかった。なぜかわからないが呆然としているのだ。

だが、しばらくして男性がためらいがちに口を開く。

「君は一人か？」

レオンティーヌは頷く。

「お付きの人はいないのか？」

再びレオンティーヌが頷くと、今度は驚かれてしまう。

これは一人で行動したことを責められるパターンだなと思い、レオンティーヌはちゃんと説明をすることにした。

「元気のにゃいサミュエルしゃんに、これを持っていくところでした。お花を見て元気になってほしいのでしゅ」

「……一人で？」

この男性はやたらと一人を強調するので、なぜ一人かをきちんと話すことにした。

「サミュエルしゃんは元気がにゃいけれど、放っておけば治るとヨリックしぇんしぇいが言うので、一緒にお見舞いにはいけにゃいんでしゅ。だから、一人で来まちた。あっ、ヨリックしぇんしぇいが厳しいのはサミュエルしゃんにだけで、わたしにはとっても優しいしぇんしぇいでしゅよ」

必死に手振り身振りで話す様子が面白かったのか、男性は微笑みを絶やさず聞いていた。

「そうか、わかった。でも、一人ではなにがあるかわからないだろう？　だから、研究所まで私がついていこう」

「はえ？　ついてくるんでしゅか？」

「そうだな。君の護衛騎士だ。私では怖いかな？」

おっかなびっくりで話しかけて、さらに不安げに返事を待つ男性が、怖いわけがない。

「じぇんじぇん怖くにゃいでしゅ。それより、嬉しいでしゅ。わたしに騎士しゃまですか……むふふ」

レオンティーヌは護衛騎士という響きにご満悦。

男性は彼女の小さな歩幅に合わせてゆっくりと進んでくれる。

二人は話をしているというより、レオンティーヌが話して、男性がうんうんと相槌《あいづち》を打ってくれているといった感じだ。男性が、とても嬉しそうに話を聞いてくれるので、あっという間に研究所に着いた。

「騎士しゃま。どうもありがとうごじゃいまちた」

レオンティーヌはペコリと頭を下げる。その小さな頭を撫でようとしたのか、男性が手を伸ばした。その時、研究所の扉が開いた。

「え？　テオドルス陛下？　どうしてここに？……それにレオンティーヌ様まで？」

研究所から出てきたサミュエルが、二人を交互に見て、目を見開いた。

この情報に驚いたのはレオンティーヌだった。

「てお、ど……へいかって？」

レオンティーヌの深緑の瞳が大きく開かれ、彼女は凍りついたように動きを止めた。

二歩下がる。そして、そのまま元来た道を走って逃げてしまった。

レオンティーヌはなぜ、逃げないといけないのか自分でもわからなかったが、とにかく逃げたくなったのだ。

◇□　◇□

レオンティーヌに去られたテオドルスは……。

レオンティーヌを追いかけられないでいた。喉からは、『待ってくれ』と言いたかったが、実際には何も言えず動くこともできない。

テオドルスは、レオンティーヌが見えなくなってから、彼女が落としていった小さな花束を拾うことしかできなかった。

そして、絶望する男がもう一人。サミュエルは頭を抱えてうずくまる。

「また、余計なことを言ってしまった……」

第四章　聖獣しゃん、こんにちは

レオンティーヌは離宮で引きこもっていた。お出かけ好きなレオンティーヌが、外に散歩にも行かないとは……。何があったのか聞いても、首を横に振るばかり。

オルガがレオンティーヌを心配していることはわかっていたが、話せずにいた。

レオンティーヌの気が晴れるのは、やはりヨリックの授業だ。授業といっても、それは表向きのこと。一見、ヨリックが色々と教えているように見えるが、実のところ、ほぼ雑談である。たまに、新しい知識を増やすために、図書館で借りてきた本を、インプットするだけなのだ。

「今日は異国語の授業を始めます」

「はーい」

レオンティーヌは、返事のあとに辞書を開くだけだ。

「今日はこれだけで終わり？」

レオンティーヌが不満げに聞くのは、もっともである。わずか三秒で終了したのだから。

「もっと本が読みたいでしゅ！」

レオンティーヌが抗議するも、厳しい顔のヨリックに却下される。

というのも、先日全二十五巻の超大作『愛と友人のディスティニー』なる小説を、二十四巻まで開いたところで、レオンティーヌがぶっ倒れたのだ。

もう、前世の轍《てつ》は踏まないと、最終巻である二十五冊目を、なんと倒れながらも開こうとした。

しかし、ヨリックに取り上げられてしまい、読めなかったのだ。意識が朦朧《もうろう》としていても、なおもヨリックにすがりつき『しょ、しょれを読むまでは、死んでも死にきれましぇん。かわいしょうだと思うなら、本を……本を開いてくだしゃいー！』と、血走った目でお願いしていたらしい。

どうやら、レオンティーヌのこのスキルは、魔力を使って本をインプットするというものだったようで、今回倒れてしまったのは、一気に難解な物語を大量に読んで、魔力切れを起こしたことが原因らしい。

魔力切れがどんなに恐ろしい症状なのか、理解していないレオンティーヌは、自室で寝かされた時に、オルガを騙《だま》して、二十五巻を持ってきてもらおうと画策したが、あっさりヨリックに見つかりこっぴどく叱られたのだった。

レオンティーヌはオルガには内密にしておきたかったが、知らないと危険だと判断したヨリックが、彼女にもレオンティーヌのスキルと危険性を話してしまった。

そのせいでレオンティーヌは寝ている間、いっさい本に触れることもできなかったのだ。

「もう、ヨリックしぇんしぇいは大げさしゅぎでしゅ」

レオンティーヌがベッドで文句を垂れる。

「そんなことをおっしゃってはなりません」

オルガが珍しく怖い顔をレオンティーヌに向け、魔力について説明をした。

オルガの話によると、魔力切れは本当に恐ろしいもので、何時間もの間目を覚まさなかったり、命の危険もあったりするというのだ。

そこまで魔力を消耗するレオンティーヌの特殊な能力は、有能だが、その反面危険な要素も伴っているため、本を読む量を制限されてしまったというわけである。

「治ったらヨリック先生に、お礼を言ってくださいね。寝ずに看病されていたのですから。しかも、かなり自分を責めていらっしゃったわ」

「しょうなんだ……」

あの、ヨリック先生が自分のために、ずっと看病をしていてくれたなんて、嬉しかった。

回復して一番初めの授業の時に、レオンティーヌはヨリックに深々と頭を下げて、お礼を言った。

「元気になったのは、しぇんしぇいのおかげでしゅ。ありがとうごじゃいまちた」

このあと、無茶をしたことの説教が始まると覚悟していたが、なんとヨリックに叱られることはなかった。それどころか、ほっとされた。

「元気になってよかった……」

その言葉に涙が出そうになる。

だが、世の中、そんなに甘くはない。

「もう二度と無茶をなさらないように！　これからは、レオンティーヌ様がお読みになる本はすべて、こちらで管理をします！」

ヨリックに厳しく言われ、レオンティーヌはがっかりする。

甘いヨリックのままで終わるわけがないが、その言葉に深い愛情を感じて、レオンティーヌは素直に「はい」と返事をした。


「今日は、レオンティーヌ様に無理させないように、体力づくりを兼ねて、薬園の反対側である西方向に、お散歩に行きますね」

ヨリックの提案に、レオンティーヌは少し胸が重くなる。それは、西の方向にはテオドルスの住居棟と、政務棟があるからだ。

でも、行ってみたい気持ちもある。なぜなら、そこからさらに西には、異国からの贈り物として連れてこられた珍しい猛獣や聖獣が飼育されているエリアがあるからだ。普段は近寄るなと言われているので、ちょっとわくわくしていた。

しばらく歩くと、離宮からも一部見えるテオドルスが住まいとする住居棟と、それに渡り廊下で繋がっている政務棟が見えてきた。

いつもはなんとも思わない建物だが、今日はあまり見たくない。

そう思っているのが態度に出ていたのか、ヨリックが足を止めて、レオンティーヌと目線を合わせるようにしゃがんだ。

「それで、レオンティーヌ様は何をそんなに、気に病んでいらっしゃるのですか？　テオドルス陛下が怖くてお逃げになったからですか？」

ヨリックは何もかも知っているんだなと、レオンティーヌは少し身構えた。

それも顔に出ていたのか、ヨリックは理由を話してくれる。

「サミュエル様にね、また、泣きつかれましたもので」

その時のことを思い出したのか、ヨリックが少しうんざりした顔をしている。

「しょっか……。サミュエルしゃんに聞いたのか。じゃあ、お話ししゅるけど、おとーしゃまが怖くて逃げたんじゃにゃいよ。でもなんで逃げたのか……わからにゃいの。しょれにこれからどうしたいのかも、わからにゃいの」

レオンティーヌにとって、未知なる感情で、何がなんだかわからない尽《づ》くめだった。

「そうですか……。でも、偶然出会った初対面の騎士が父親とわかったら、怖気《おじけ》づく気持ちもわかります。だから、会いたいと思った時に、会えばいいのです。急ぐ必要なんてありませんよ」

ヨリックはレオンティーヌに寄り添うように答えてくれた。

気持ちを吐き出せたことと、ヨリックに急がなくていいと言われたことでレオンティーヌは、気持ちが楽になる。

「ヨリックしぇんしぇいは、どうちてわたしの気持ちがわかったの？」

ヨリックは立ち上がると、レオンティーヌの手を繋いだ。

「私に父はいなくてね。幼い頃は母が仕事から帰ってくるのを、本を読んで待っていた。だから、私と母を捨てた父が現れたら、と想像してみたんですよ」

歩きだしたヨリックの表情は、レオンティーヌから見えなかった。

二人は無言のまま、意味もなく西へと移動していたら、いつも静かな王宮から慌ただしい大人たちの声が聞こえてくる。明らかに異国語の甲高い男性の声と、エールトマンス語の困惑気味の低い声。

「聖獣の飼育施設の方で、何やらもめているようですね」

聖獣とはその美しい見た目から神の使いとされていて、魔獣とは全く別の存在である。

その聖獣が、異国から親善の意味で贈られていた。となると、もめている原因はヨリックの言う通り聖獣絡みだろう。

うまく通訳ができていないのか、大声でもめていて、異国人の身振り手振りが激しい。

この異国人の言葉は、さっきここに来る前に、すでにインプットした言葉だったので、レオンティーヌは何を話しているか、途切れ途切れだが理解できた。

「通訳しに行ってあげようかな？」

レオンティーヌがヨリックの手を放そうとしたが、強く握られていて無理だった。

「通訳は彼の仕事です。それができないというのであれば、辞表を出すべきだ」

相変わらず、能力が低い者への当たりがきつい。この言葉を社会人の時に言われていたなら、絶対に泣いていたなと思った。

もし、ここでヨリックを振りきって、通訳さんのお手伝いをすれば、彼の解雇が決定的になりそうなほど、眼鏡越しに見る目つきが怖い。

触らぬヨリックに祟《たた》りなし。レオンティーヌは、ヨリックと一緒にその場から離れ、元来た道を引き返した。


数日経ったある日、レオンティーヌがヨリックと庭を散歩していると、再び王宮から慌ただしい大人たちの声が聞こえてくる。

「またバタバタしてましゅね」

のんびりと散歩を堪能していたレオンティーヌは、残念そうに眉をひそめる。

「確かに騒々しいですね。原因は、あの二匹の聖獣のようです」

ヨリックが眼鏡を上げつつ、さらに詳しく説明をする。

エールトマンス国の西南に位置するトゥーラン国は、海岸砂漠と美しい森を有する珍しい気候の国とのこと。そのおかげか、貴重な聖獣が多く見られるらしい。しかし、今回はその二匹の聖獣のせいで外交問題にまで発展した、というのがヨリックの話してくれた内容である。

その後、レオンティーヌはさらに詳しい情報を聞くことになった。

問題の一匹は、飼育員の言うことを全く聞かず暴れて、興奮状態のせいで、食事が出せたり出せなかったりしている。もう一匹に関しては、詳しい資料もなく、その生物の名前すらわからなくて、何を与えたらよいのか見当もつかず、右往左往しているという。

そもそも、トゥーラン王国の飼育員が、我が国の飼育員と共に過ごして、数か月間指導を行うはずだったのに、その飼育員が突然帰国してしまったというのがエールトマンス国側の意見だ。

これはトゥーラン国の陰謀で、珍しい聖獣を殺したと言いがかりをつけるために、初めから仕組まれていたのでは、と外交官たちが騒ぎだし、さらに大ごとになっている。

……と、これはサミュエルからレオンティーヌが聞いた話だ。

「食べ物がわからないからって、私が育てた薬草を、飼育員が引き抜いて、持っていこうとするし、聖獣を植物園に入れてもいいか？って無茶なことを言いだして、本当に困っているんですよ」

今まさに授業中のレオンティーヌは、何かを求めてちらちらと見てくるサミュエルに困っていた。

レオンティーヌは返事をしてあげたいが、氷点下の眼差《まなざ》しをサミュエルに向けているヨリックが横にいては、それもできないのだ。

「今、授業をしているのがわかりませんか？」

冷たい言葉にサミュエルはしゅんとするが、今度はレオンティーヌの小さな背中に隠れるように、「困ったな」を連発した。

「どうやらサミュエル様には、言葉ではおわかりいただけないようなので、実力行使で出ていってもらいましょう」

ヨリックが拳をポキポキと鳴らしている。

「ちょっと待ってくださいよ、相談くらい、いいでしょう？」

サミュエルから、子犬のようにうるうるした瞳をレオンティーヌは向けられる。その上、迫りくる恐怖《ヨリック》からも助けて！という目でサミュエルに訴えられ、とうとう助け船を出すことにした。

「ヨリックしぇんしぇい、とにかく外交問題は、こちらの通訳しゃんの間違いが判明しているので、ちゃんとしぇつめいに行かにゃくてはなりましぇん」

レオンティーヌが腰に手を当てて、ふんすと先日インプットしたトゥーラン国の辞書を出した。

早速レオンティーヌはヨリックと、そしてなぜかサミュエルも一緒に外交政策局に乗り込んだ。

「なぜ、サミュエル様もついてきているのです？」とヨリックは不満そうにしていたが、「まあまあ」と押しきられた形である。

レオンティーヌたちが向かっている場所は、テオドルスの執務室がある政務棟から、西に少し離れた場所にある外務棟だ。

初めてこの建物の中に入ったレオンティーヌは、あまりの人の多さに人酔いしそうになる。

いつも住んでいる離宮にも人はいるが、レオンティーヌに仕えるためだけなので、広い離宮内に少人数で暮らしていた。

だが、ここには無数の人が各部屋から湧いてくるように、忙しく出入りしている。

そこに、王女が来ても誰も気がつかない。『この小さい子は誰だろう？』くらいの認識だ。

外交政策局と戸口に書かれた部屋に入ると、ここにも大勢の人が働いていた。

その中で、頭を抱える集団を見つけ、レオンティーヌたちは悩める人たちのそばに寄っていく。すると、そのうちの一人が悲痛な声をあげていた。

「だから、私ははっきりとあちらの飼育担当の方に、申し上げましたよ！　八か月間はこの国に滞在して、この聖獣の飼育が完璧になるまで、指導してくださいって！　あなたもそう通訳してくださいましたよね？」

レオンティーヌが飼育員の視線をたどると、横を向いてペンを回して遊ぶ、我関せずの態度の男がいた。

「はいはい、ちゃんと私は通訳して、相手も八か月で帰国したいとおっしゃってたんで、こちらに落ち度はないですよー」

そう言うと、また、ペンを回してだるそうにしている。

サミュエルが飼育員から聞いた情報を、レオンティーヌに耳打ちをした。

それによると、この通訳者は五十代の男性で、他にも数か国語を話せることもあって、つけ上がっていて、非常に態度が悪いとのことだ。

トゥーラン国とは最近国交を結んだため、トゥーラン語の通訳に適した人物が見つからず、名乗り出た彼に頼むしかなかったようだ。

通訳者は、外交政務局の役人と飼育員らしき人たちが、汗を拭き拭き議論しているのを、興味なさげに見ている。

この様子を見ていたレオンティーヌたちが、議論中の人たちに近寄ると、それに気がついた役人が、「ここは迷子センターじゃないですよ」と、一階の受付を教えようとしてくる。

「あの、しゅみましぇん。わたし、レオンティーヌ・エールトマンスでしゅ。お話の途中でしゅが、しょのお話に間違いがあるので、聞いてくだしゃい」

レオンティーヌが名乗ると、一斉にまじまじと顔を見てくる。

離宮に国王の娘が住んでいるとは聞いていたが、誰も見たことがなく、本当に娘がいるのかさえわからないほどだった。

そのレオンティーヌが、いきなり自分たちの前に現れたのだから、興味津々である。

しかし、こんな小さな幼女が出てきても、どう対処してよいのかわからず、皆、時が止まったように固まっている。

中には王女だというのに、「へー」と物珍しげに顔を覗き込む者もいた。これも、『王紋が薄く、無属性』で、テオドルスに放置されているという噂のせいだ。レオンティーヌもこの噂は何度も耳にしていた。

名乗ったというのに、なんの反応も得られないのだから、再びレオンティーヌが動くしかない。

「しょれで、通訳しゃん！　あなた、誤訳してましゅ！」

レオンティーヌは、短い人さし指をビシッと通訳者に向けた。

スッと顔を近づけたヨリックに「レオンティーヌ様、人を指差してはいけませんよ」と言われ、レオンティーヌはすぐに人さし指を引っ込めて手をグーの形に……。

ちょっと勢いをなくし、レオンティーヌはばつの悪そうな顔になる。

外交政策局の他の面々が、レオンティーヌの名前を聞いて寄ってきたので、いつの間にか人垣ができていた。

輪の中心にいた通訳者が口を開く。

「王女様とはいえ、ここは大人のお仕事の場なんですよ？　まだ文字も知らないお子ちゃまに誤訳などと言われたくないですねぇ」

通訳者が肩をすくめ、レオンティーヌを馬鹿にしだすと、大方の人が彼の意見に流され、小さく頷いていた。

まあ、それが普通の反応なのだろう。レオンティーヌも、すぐに自分の意見に耳を傾けてくれるなんて、思ってはいない。だから彼女は外交政務局で自分の力を理解してもらえるよう、ヨリックと共にちゃんと策を考えていた。

レオンティーヌは通訳者に、微笑みながらトゥーラン語で話しかける。

《わたしはトゥーラン語を話しぇましゅ。しょれで、あなたの誤訳がわかったのでしゅよ。だからきちんとわたしの話を聞いてくれましぇんか？》

レオンティーヌに話しかけられた通訳者は、目を見開いて驚いていた。だが、周囲の反応を見てすぐに眉をひそめた。そして、作ったような笑い声をあげ、こう続けた。

「レオンティーヌ様は、トゥーラン語の単語を少し話せるようだ。だが、こんなお粗末な程度では会話はおろか、挨拶もままならないだろうな。それに、王族といってもねぇ……」

通訳者の言葉を聞いたレオンティーヌは、残念そうにため息をついた。レオンティーヌの語学力を通訳者にわかってもらいたかったが、彼は認めずさらに嘘までついて、ごまかそうとしている。しかも、王紋のことまで持ち出されては、話にならない。

レオンティーヌは仕方なく最終手段をとることを決意して、ヨリックを見た。

ヨリックは頷くと、声を張り上げる。

「この中に他の異国語を話せる方はいらっしゃいますか？」

ヨリックが人垣を見渡しながら、挙手してくれる人を待った。

すぐに五人の人物が手を恐る恐るといった感じで上げると、ヨリックはすぐにレオンティーヌの前に引っ張りだす。

「何語を話せるか、順番にお答えください」

「私は得意なのはアンタートレン語です」

「私は、ホムス語です」

「ベットーラン語」

「サンティナーノ語です」

「サリナベ語です」

ヨリックの質問に、五人は一人ずつ答えた。

レオンティーヌは、まずはアンタートレン語で男性にその国のことを褒める。

『アンタートレン国は、国の中心にあるみじゅうみの色が真っ青で有名でしゅよね。あなたは、しょこに行ったことがありましゅか？』

《ああ、あの湖ですか……ないです……一度彼女と行きたいと思ってます》

《彼女とでしゅか？　うふふ、いいでしゅねぇ》

《彼女はいませんが……》

《……余計なことを聞いちゃいまちた》

という感じで次々と話し、五人がレオンティーヌの語学力は、ネイティブ並みだと保証してくれた。

「これで、信じていただけたと思いましゅが、わたしはトゥーラン語もペラペラでしゅ！」

「おお‼」

驚きのあまり、拍手をする人まで現れ、もう、この部屋の役人全員、レオンティーヌの語学力を疑う者はいなかった。

トゥーラン語の通訳者を除いては……。

「あなたはなぜトゥーラン国の飼育員が、いきなり帰ったのかおわかりですか？」

やっと話ができると、まずヨリックが渦中の通訳者に問いかけた。

「先日、レオンティーヌ様が外の空気を吸いたいとおっしゃったので、離宮から離れて西へ散策されていた時に、外交政務局の役人の方とそちらの通訳者と、異国の飼育員が話しているのが聞こえてきたのです」

ヨリックが皆に向かって状況を説明し始めた。

「もちろん、この国の外交を支える通訳の方が、まさか文法を知らないとは思わず、その話を聞きながら帰ったのですが、自国の通訳者の誤訳を、他国のせいにしたとなれば、この国の外交の問題になります。そこで、レオンティーヌ様が今日、わざわざここに来てくださったというわけですよ」

どや顔でしゃべるヨリックは、通訳者を見据えて言った。普段、サミュエルがターゲットになっているのだが、今日ばかりは違う。

（この通訳者のおじさんは、終わったな。ヨリックの眼鏡が光ったからには、絶対に逃れられないのだ！　ふふふ）

ほくそ笑むヨリックに代わり、レオンティーヌが口を開く。

「まず、異国の飼育員しゃんが『奥さんが妊娠八か月で、今すぐに帰りたい』と言っていたのに、そこの通訳しゃんが『奥さんが妊娠したので、八か月したら帰りたい』と誤訳して、エールトマンスの役人しゃんと飼育員しゃんに言ってたの」

通訳者の誤訳内容を聞いたエールトマンスの役人が、誤った解釈で相手の申し出を受け入れたので、すぐに帰国するとは思わず、『トゥーラン国の飼育員に帰国を許可したことになった』というわけである。

「通訳の誤訳が原因で、戦争が起きそうになった事案もあるのです。今回の問題も起こるべくして起こったようなものですな。あなたの態度を見ていればわかりますよ」

　ヨリックのねちねちが始まる。

「それで、この役立たずな通訳をこのままにしておきますか？　それと、彼が王女に不敬な物言いをした時に、いさめもしないこの外交政策局に関して、私の方から陛下に、一言ご相談することも検討したいと考えております」

（ヨリック先生が厳しすぎる。首を切る気満々じゃないですか。通訳さんの私に対する態度で、激怒りなのはわかってます！　わかってますが……ヨリック先生が怖すぎて、妄想の中ではムチまで見えてます！　なんとかしなければ！）

「ちょっと待ってくだしゃい。通訳しゃんの態度はちょっと悪かったでしゅ。不敬な言葉もありまちた。仕事中の態度もほんとに本当に悪かったでしゅ。でも、誰しもミスはあるもので……、なので、おとーしゃまにまで報告するのは、行きすぎでしゅ」

　レオンティーヌが、必死で取りなしていると、外交政策局の人が慌てて頭を下げた。

「彼の今回の誤訳と王女様に対しての態度については、きっちりと考えて処分いたします。なので陛下にまでは……」

　まさか自分に処罰が下るとは思ってもいなかった通訳者は、「も、申し訳ございませんでした！」とやっと反省の言葉を言ったのだった。

　しかし、きっちりと言わなければこのタイプの人間は、何度も同じ間違いを犯すだろう。

今回は勝手な想像で誤訳してしまったエールトマンス国の落ち度だ。トゥーラン国に抗議する前でよかった。

だが、聖獣の飼育に熟知している飼育員の民族とトゥーラン国との間で民族紛争が起きてしまい、新しい飼育員を手配できない状況に陥っている。

もう、こうなってはエールトマンス国の知識を集めて、二匹の聖獣を育てなければならない。

「どうしよう？」や「賢者様ですら名前もわからないのに」、「どうしたらいいのだ！」と頭を抱える外交政策局の人々と飼育員たち。

さすがにレオンティーヌも、こればかりはどうしようもない。不安になりヨリックを見る。

頷いたヨリックがよく通る声で話しだした。

「呼べるだけの生物学者を王宮に呼んで、調べてもらいましょう。そうすればなんらかの手がかりがつかめますよ」

言い終わるとヨリックは眼鏡をくいっと上げた。レオンティーヌはこの仕草をよく知っている。これは黒いヨリックの降臨なのだが、何も知らない飼育員たちの顔が明るくなった。

「では、小さな鳥のような聖獣を先に調べていただきたいのです。食べ物さえわからず、トゥーランの飼育員が持ってきていた餌を与えても、食べないんです。このままでは、本当に数日の命かも知れません」

その飼育員が悲痛な面持ちで訴えたため、早速、あらゆる方面の生物学者を王宮に呼び寄せることになる。

娘のレオンティーヌが、自分の仕事場である政務棟と近い外務棟にいることすら知らず、離宮の方を向いてテオドルスは落ち込んでいた。

嘘はついていないとしても、嫌われている可能性があるのに、護衛と言ってレオンティーヌのそばにいたことで、傷つけてしまったかもしれないと。

走り去るレオンティーヌの後ろ姿が、今も目に焼きついて離れない。

そばに行くべきではなかったかもしれないが、この王宮に鳥のような聖獣がいるせいで、神経質になっていたところに、一人歩くレオンティーヌを見つけ心配になったのだ。

そばで守れないが、レオンティーヌが怪我や病気で苦しむようなことは、すべて取り除きたい。

父親らしいことはできていないが、せめて、レオンティーヌのためになることは全力でしたい。いやするのだ！と決意の眼差しを離宮に向けるテオドルスだった。

◇□　◇□

誤訳の解決後、レオンティーヌは外交政策局を出たその足で飼育施設に向かい聖獣を見に行くつもりだった。

だが、まだよく知らない聖獣なので、どんなウイルスや毒を持っているかわからないと、飼育員の全員が、レオンティーヌは来ない方がいいと反対するものだから、遠くから見ることさえ許されなかった。

「誤訳の問題をかいけちゅしたのはわたしなのに……ちぇ」

しかも、ついてきただけで何もしなかったサミュエルが、植物に詳しいからといって、役人に引きずられていった。

それをヨリックが、にこにこ顔で見送っているのも不思議だった。

レオンティーヌは、ヨリックが役人に、「サミュエル様は植物学者でもあります。きっとなんらかの知恵をお持ちなのでは？」と、唆《そそのか》していたことを知っている。

「なんでサミュエルしゃんを、あの中に放り込んだのでしゅか？」

「さあ……。まあ、聖獣問題は、生物学者と植物学者に任せておけばなんとかなるでしょう。さっさと我々は帰って、次の勉強を始めましょう」

眼鏡をくいっと上げた時のヨリックは、何か次のことを考えている場合が多い。大抵は腹黒いことなのだが……。

◇□　◇□

ヨリックは気分がよかった。どれくらいかというと、珍しく鼻歌が出るくらい上機嫌だった。

その理由の一つは、レオンティーヌが離宮に帰った数時間後に、二歳の王女様は語学が堪能で、何か国語も話せると、噂はあっという間に広まっていたことだ。

「あんなに幼くて言葉が堪能なのは、どうやら言葉の神のご加護があるようだ」、と多くの役人が話しているようなのだ。

ヨリックは、その話を聞きながら、離宮から王宮内の自分の住居である官舎に向かっていた。

その帰る途中で、よろよろと前を歩く人影を見て、ニヤリと笑う。

サミュエルは聖獣のことを調べるために、今まで飼育員たちと資料を探していたようだ。

しかも、この時間帯にふらふらしているところを見ると、全く役に立てずに解放されたのだろう。

「ああ、サミュエル様。いいところで会いました」

ビクッとなり、逃げようとするサミュエルの腕をヨリックは掴む。

「なんで逃げるのですか?」

ヨリックは、恨みのこもった目でサミュエルに睨《にら》まれた。

「君のことだから、絶対に思惑があって、私を生物学者の群れに放り込んだのだろう?」

「よく、おわかりで!」

全く悪気のない顔で言われても、その行動は悪気だらけなのだ。

「何を企んでいるのですか？」

「企むなんて、ひどい物言いですね。私はレオンティーヌ様の健やかなる成長を願って行動しているだけですよ」

『健やかなる成長』とは……。なんともらしからぬ言葉が、らしからぬ人物から、らしからぬ笑顔で吐き出されサミュエルは驚いていた。

「レオンティーヌ様は、国王に疎まれて閉じ込められていると、そんな思い違いをしている者が実に多いのですよ。だから、レオンティーヌ様を見ても、敬意を払わない者がいる。王紋が薄いだの、無属性だの、レオンティーヌ様を見くびっている奴《やつ》らから評価を上げるには、レオンティーヌ様を、派手に宣伝しないといけないんですよ」

何食わぬ顔で言うヨリックと、今日の通訳者とのやり取りの内容を思い出し、サミュエルは、ハッとした。

「つまり、今日のことも問題が大きくなるのを待って、レオンティーヌ様に解決させたということですか？」

目を見開き、非難めいた口調のサミュエルに、「熟成させただけですよ」とヨリックはうそぶく。

まだ何か言いたそうなサミュエルよりも、先に質問をしたのはヨリックだ。

「そんな些末なことよりも、今日見た獣ってどんな生物でした？」

国際問題を、些末と言ってのける人物に恐怖を感じる。だが、サミュエルは質問に、几帳《きちょう》面《めん》に取ったメモを見ながら丁寧に特徴を伝えた。

「獣って……、聖獣と言ってくださいよ。ええっと……。聖獣と聞いていましたが、あまりにも小さくて、これが聖獣なのかと疑いそうになりましたよ。大きさはロールパン程度、羽の色は朱色。所々に黒い点々模様があったな。そうそう、足の鉤爪が小さいながらもしっかりあって鋭かったな」

ヨリックは満足げにうんうんと頷く。

「さすが植物学者だ。細かいところまでよく見ていらっしゃる。ではまた」

そこまで聞くとさっさとサミュエルを置いて官舎の方へ歩きだした。

「なるほど、その情報が欲しいためだけに、私を聖獣のところに行かせたのか……」

疲れた足取りで研究所に戻るサミュエルだった。

◇□　◇□

次の日、レオンティーヌの前に現れたヨリックは、眉間をぐりぐりと親指で押している。

「ヨリックしぇんしぇい、なんだか、とても顔色が悪いでしゅが、どうされたのでしゅか？」

「いや、ちょっと昨日、遅くまで調べ物をしていたんですよ……。見つかりませんでしたが……。むふ」

珍しくヨリックがあくびを噛《か》み殺している。眠そうにしているヨリックに、ごろごろさせてあげたいが、彼が今日の行き先を告げたことで、その考えは吹き飛んだ。

今日寄るところは、なんと、レオンティーヌが切望していた王宮図書館である。

「ふおおお！　やっと入れるんでしゅね？」

目を輝かせるレオンティーヌに、ヨリックが念を押す。

「いいですか？　勝手に置いてある本を開いてはいけませんよ！」

「もちろんでしゅ！　じぇったいに開きましぇん！」

鼻息荒く約束するレオンティーヌを信じていないのか、ヨリックからうさんくさいものを見るように目を細められる。

「指切りげんまんしてもいいでしゅよ！」

強気に言ったが、「ゆびきり？　なんですか、それ？」と一蹴されて終わる。この世界には、約束時の指切りげんまんがないのか……。と感慨深げに小指を見るレオンティーヌだった。

離宮から南にある広い庭園を、さらに南に行くと王宮図書館がある。ヨリックに抱っこされていたレオンティーヌは、大きな建物を見上げ、感動に震えていた。初めて来た王宮図書館の入り口は、歴史ある博物館のよう。

しかも、館内は五階までの吹き抜けで、高い天窓から差し込む柔らかな日差しが、とても明るい。

入り口すぐのところに、二人の案内人が座っている。

案内人の横を通り抜けると、閲覧や、調べものをしながら勉強ができるようにと、建物の中央に椅子と机がズラッと並んでいた。

柱一本一本に、王冠や獅子《しし》などの豪奢《ごうしゃ》な装飾があり、重厚な造りに歴史を感じるが、大勢の人が利用しているために、前世のような静寂に包まれた図書館の雰囲気とは少し違う。

ホテルのフロントのように、八人の司書が受付にいて、たくさんの人が貸し出しカウンターと返却カウンターに分かれて並んでおり、かなり込み合っていた。なかには土木関係の本を積み上げげて、何冊も借りていく人の姿もある。

返却された本は山積みにされて、次々と受付の隣にある部屋に運び込まれていく。

薄紫のガラスに囲まれたその部屋の中では多くの司書が、せわしなく働いているのが見えるのだが、司書の動きが、普通とは違うように思えた。

時には小さな雷を起こし、本に向かってバリバリッと光を放っているのだ。

「あそこの部屋で、司書しゃんは何をしているのでしゅか？」

レオンティーヌが尋ねると、ヨリックが懐かしそうな表情になった。

「あの部屋は、返却された本が、悪意のある人物によって、何か罠《わな》や仕掛けが本に施されていないか、一冊一冊確かめる場所ですよ。悪い魔術がかけられた本の中には、開いたが最後、本にのみ込まれてしまうような、恐ろしい仕掛けがされていたこともあったので、あのように司書が確かめているんですよ」

（あれ？　私が思っていた司書の仕事とは、違うんだけど……）

「でも、そんな本があるんなら、司書しゃんたちも危険じゃにゃいでしゅか？」

レオンティーヌは、近くにあった本から手を引っ込めて、肩に力が入った。

「だから、あの部屋に入って作業できるのは、非常に強い魔術を持った司書ばかりなのですよ。それに、だいたい持っただけで、その本が危険かどうかわかりますけどね」

レオンティーヌがヨリックを見上げ、肩の力を抜いた。

ヨリックは、非常に優秀な司書であったに違いない。そして、魔力も強く教職員免許持ちだ。まだ一度しか会ったことのない父だが、あなたが選んだ家庭教師は、この上なく優秀ですよと感謝した。ちょっと腹黒くて怖いけど……。

迷子になりそうな広い館内だからか、レオンティーヌはヨリックに抱っこされたまま移動している。

三十五万冊が納められている広い図書館だが、ヨリックは目当ての場所までまっしぐらである。

四階の奥の聖獣・魔獣コーナーと書かれた場所に着くと、レオンティーヌは本棚の並びにあったロココ調の朱色のバニティチェアに優しく座らされた。

そして、レオンティーヌはヨリックに、今回の小鳥サイズの聖獣がどういった生態で、餌は何を食べるのかなど調べてほしいと頼まれる。

ヨリックは恐縮しながら話した。

「本来なら、レオンティーヌ様の負担にならないように、ある程度探しておきたかったのですが、私も見つけることができず……申し訳ない」

なるほど、眠そうだったのは、聖獣の本を探してくれていたからなのかと、納得する。

「本をたくしゃん読めるから嬉しいでしゅ。だから、いっぱい読みましゅ！」

レオンティーヌがそのあたりの本を取ろうとするが、ヨリックにその手を掴まれて、「メッ」とされる。

腹黒眼鏡の「メッ」は、なかなか見られないぞ、これはいいものを見たなと思ったら、後ろの棚で「『メッ』だって！」と笑う人物がいた。それはまさかの……いや想像通りのサミュエルだった。

お腹《なか》を抱えて笑うサミュエルに、刺し殺せそうなほど鋭い視線を送るヨリック。

なおも笑うサミュエルに、ヨリックは蹴ろうとしたが子供のレオンティーヌが見ているので足を止めた。

「時間がないので、レオンティーヌ様、この図鑑を見ていただけますか？」

ヨリックに言われて、図鑑に目を移した瞬間に「ぐえっ」っとサミュエルの声がした。

驚いて横を見ると、サミュエルが涙目になりながらも、まだ、くすくす笑っている。サミュエルは、にまにま笑いながらも、図鑑を調べ始めていた。仲がいいのか悪いのか……。

「私は実際に見たので、このあたりの聖獣、魔獣図鑑にありそうな気がするんだけどな」

そう言いながら、サミュエルが目ぼしい図鑑を渡してくれた。

「この本は主に鳥類系だな……これは炎系鳥類か？」と選《よ》り分けた本を、ヨリックもレオンティーヌに渡す。

いつものように金色の文字が糸状になって体に入った。

「あっ‼　あった！」

レオンティーヌの声に、ヨリックとサミュエルがその本を取り、ペラペラとめくるが、どこにもそれらしき幼鳥の記述がない。

「どこだ？　どの鳥類の聖獣だ？」

「このじゅ鑑の最後のページに載っている、インフェルノドラゴンです」

「「ド……ドラゴン？」」

二人がすっとんきょうな声をあげる。

「いや、レオンティーヌ様のおっしゃることを疑うわけではないですが、だって小さな可愛い鳥でしたよ？」

言いにくそうにしているサミュエルから、レオンティーヌは大型ドラゴン特集の図鑑の最後のページに載っていた、全長十五メートルの赤い翼竜の姿の厳《いか》ついインフェルノドラゴンと、鳥類図鑑の小鳥を並べて見せられた。

「でも、サミュエルしゃんの言ってた通りだとしゅると、答えはこのでっかいドラゴンになるんでしゅよ。インフェルノドラゴンを見た時、朱色の小鳥さんが同じだと、頭の中で結びちゅいたの」

ヨリックは、レオンティーヌの言い分が正しいことを証明するために、インフェルノドラゴンと小鳥との関係について書かれた本を探すが、この聖獣コーナーにはなかった。

「そういえば、生物学者の皆さんが、昨夜ここの王宮の図鑑を聖獣の飼育施設に運んで、みんなで調べるって言っていたので、ここにあった本はあらかた運ばれてしまったのかもしれませんよ」

サミュエルが、寂しくなった本棚を見て思い出した。でも、その本が返却されるのを待っていたら、聖獣は弱って死んでしまうかもしれない。

「ドラゴンしゃんが弱る前に、わたしたちがそこに行って探しましょう！」

いつもなら止めるヨリックが、「そうですね、行ってみましょう」と前向きだ。

再びヨリックに抱っこされて、図書館から出た。そのまま、政務棟も突っきり、まっすぐ魔獣がいるところへ向かった。

飼育施設として聖獣のためにつくられた建物の横に、飼育員の事務所があり、生物学者たちはそこに集まって、赤い鳥を前に図鑑を開き、飼育方法を必死に模索していた。

「この鳥はいったいなんなんだ？」

「何を食べるんだよ？」

トゥーラン国の飼育員が持ってきた餌には、全く見向きもせず、水しか飲んでいないため少しずつ元気がなくなってきている。

特に焦っているのは飼育員たちだ。なんとか、せめて名前だけでも見つけてほしいと望むも、学者たちも手がかりがなく、希望も見えず、しまいには、飼育員に八つ当たりする者も現れた。

そんな閉塞感漂う事務所に、レオンティーヌが入ってきたのだ。

「こんにちは。わたし、レオンティーヌ・エールトマンスです。皆しゃんに朗報でしゅ。その子の名前がわかりましたよ」

ででん！と登場して言ってみたが、反応が薄い。

「王女様、ここは遊び場ではないですよ。今、切羽詰まっているので、お帰りいただけませんか？」

通訳者とのやり取りを見て知っていた飼育員たちには、望みができたと嬉しそうにされるが、あの場面を知らない生物学者たちには、明らかに「子供が来て邪魔をするな」と非難めいた目を向けられた。ここで追い返されてはいけないと、すぐにレオンティーヌがさっき導き出したドラゴンの名前を告げる。

「この子は鳥しゃんじゃなくて、ドラゴン属のインフェルノドラゴンでしゅ」

だが、これを聞いても頭の固い学者は、子供の言うことを聞き入れる余裕がない。

「はいはい、夢物語は他のところで言ってくれ！」

一般的な反応であるが、さすがに王女に対してこの態度はあり得ない。ヨリックが吠《ほ》えてしまった。

「その物言い、王女様に無礼ではありませんか？」

ヨリックと学者の間に入ったサミュエルはあわわ状態になっている。

「家庭教師がしゃしゃり出てきて、たった二歳の王女を天才に仕立てて、自分の手柄にしたいのか？　残念ながらその野心はここじゃ役に立たないよ！　知識が必要だからな！」

自分の頭を指でこんこんと叩《たた》き、ヨリックを嘲《あざ》笑う学者たちに、叫んだのは瞳を金色に光らせたレオンティーヌだった。

「ヨリックしぇんしぇいは、そんな人ではありましぇん！　頭の固いあなたたちが、何一つ見つけられなかったこの子の生態を、わたしが調べてさしあげましゅわ！」

ヨリックが止める前に、レオンティーヌがそこら中にあった図鑑や本を片っ端から開いていく。

「こらっやめろ！　無茶をするな‼」

焦ったヨリックが王女に向かって、命令口調で止めようとするが、レオンティーヌは勢いづいた。

狭い事務所をちょこまかと走り回り、バッサバサと本を開いていく。学者には見えなかったようだが、見える者には、金色の文字が糸状になって部屋いっぱいに飛び交っているのが見えるというあり得ない状況だ。しかも、本を開きまくっているので、レオンティーヌの魔力量もずいぶんと減っていた。体がだるくなり始め、レオンティーヌの顔も青くなっているが、怒りと興奮状態でわかっていない。

そんな状態で走り回っていたレオンティーヌが、ピタリと止まる。

「ふふふ、みいちゅけた！」

偉そうに言ってくれた学者に一冊の本を渡す。

「あなた、この本をちゃんと見まちたか？　ほらここに、この子の名前が載っていましゅわ」

「はあ？　この図鑑は何度も見たがなかったぞ」

「じゃあ、一五二ページを開いてくだしゃい」

学者が言われたページを見るが、この赤い小鳥のことはどこにも書かれていない。他の学者も覗き込んで見ていたが見つけられないようだった。

「ふんっ、どこにも書かれていないじゃないか！」

「欄外に小さく書いてある※印を見なしゃい。下にあるでしょ？」

「え？」

「あ……あります……赤い羽に黒い斑紋の小鳥は伝説のインフェルノドラゴンの幼鳥と言い伝えられている……とあります……」

レオンティーヌはどや顔だが、見ようによっては可愛い笑顔だ。皆がこの笑顔にほっこり和むと一人の飼育員が発言する。

「私の故郷ではインフェルノドラゴンのことを『ロホレン』といいます」

彼のこの言葉で、レオンティーヌが先日、サミュエルから見せてもらった植物図鑑の本に載っていた単語が、脳裏に閃《ひらめ》いた。

「しょうだわ！　古い植物じゅ鑑には、『クワボッチ／別名ロホレンの実』と注釈が書かれたものがありまちた。これによると、伝承ではロホレンと呼ばれる聖獣は、小さい時はクワボッチの葉っぱを食べて大きくなり、一か月しゅると、クワボッチの実を食べるしょうでしゅ。もっと大きくなったら、クワボッチの実の中にある種を取り出して食べしゃせる。と載っていまちたよ」

サミュエルがその植物図鑑に描かれていた、クワボッチのスケッチを見せてくれた。

（あれれ？　これはカボチャじゃないのか）

　このスケッチに大声を出したのは飼育員。

「そうです！　この葉っぱをトゥーラン国の飼育員に渡されたんです。クワボッチの実は売っているので知っていましたが、これがクワボッチの葉とは知らなかった！　そうか食べなくなったのは、大きくなって次はクワボッチの実を食べさせればよかったのか……」

　飼育員の一人が一走りして調理場から、クワボッチをもらってきた。クワボッチ、やはり前世のカボチャに似ている。

　早速切って幼鳥に食べさせると、羽をバタつかせてつつき、あっという間に持ってきたクワボッチを平らげる。そして、満腹になった幼鳥は目を閉じて眠りだした。

　その様子を見てやっと安堵した飼育員たちが、レオンティーヌに頭を下げる。

「レオンティーヌ様！　皆様、ありがとうございます。この子がインフェルノドラゴンだとわかりましたし、食べ物もわかりました。もう大丈夫です。本当に助かりました」

　それを居心地悪そうに見ていた生物学者たちも、認めたくはないが、これほどまでにはっきりと幼鳥が食べたのだから、認めざるを得ない状況に、やっと折れたという感じだった。

　そして、「レオンティーヌ様のおかげで助かりました」と、渋々といった感じで頭を下げる。

　レオンティーヌも、そこまで子供ではないので……いや、子供だが……許してあげようと声をかけかけた時――。

　バンッ！　ガッシャーン！

事務所の扉がノックもなく引きちぎられた。

扉のなくなった入り口に立っていたのは、テオドルスだった。

その顔は怒っているのか真っ赤で、鬼のよう。しかも、その体から溢れる冷気で白い靄《もや》がかかっている。

学者の一人が小さく「ひぃ」と悲鳴をあげると、テオドルスはその声がした方へ顔を向け、そこにレオンティーヌがいるのを見つけると、眼が倍に広がった。

「やはりか。先ほどレオンティーヌがこちらに向かっていると、教えてくれた者がいたのだが、どうしてレオンティーヌがここにいる……」

地の底の大魔王のような低い声に、我が身保身一択の生物学者がわめく。

「レオンティーヌ様が勝手に来られて、やりたい放題でして……」

レオンティーヌは放置子だと思っている学者は、これで逃れられると思ったのだろう。

当のレオンティーヌも自分が怒られると思い、両手を握りしめている。

だが、次の瞬間テオドルスの行動ですべてが覆った。

わなわなと震えるテオドルスにレオンティーヌは壊れ物を扱うように、抱きしめられたのだ。

「ああ、よかった……無事でよかった……。そなたの母は鳥につけられた傷が原因で亡くなったのだ。それなのに、鳥の聖獣のもとに向かったと聞いてどれほど案じたか……」

皆が呆気《あっけ》にとられる中、レオンティーヌも驚いていた。自分自身もこれだけ放置されているのだから、父からの愛情は受けられないのだろうな、とどこかで諦めていたからだ。

だが、これほど愛情深く思われていたとは知らず、びっくりしすぎて動けない。

戸惑っているといきなり今度は、体を引き離された。

「いや、安心してはならない。どこか怪我をしていないか？　鳥の出した毒を吸い込んではいないか？　んん？　なんてことだ！　顔色がずいぶんと悪いぞ！」

レオンティーヌが大丈夫と意味を込めて、首を横に振るが、それを見ても安心できる顔色ではなく、テオドルスはそばの侍従に指示を出した。

「今すぐに医師を私の部屋に呼べ。レオンティーヌ、苦しいところはないか？　大丈夫だ。医師に見せ、異常がないか診察してもらおう」

レオンティーヌを抱き上げると、テオドルスは自分が破壊した扉から大股で出ていった。

あとに残された者たちは唖然《あぜん》としたまま、数分間動けなかった。

特に学者は冷遇されていると思っていたレオンティーヌが、あれほど国王に愛されている存在なのだと知って、右往左往している。それはそうだろう。王女に対し数々の失礼な物言いが、なくなるわけではないのだから。

今頃おどおどしている学者を尻目に、ヨリックは本来の目的が達成できたことに満足していたのだった。

◇□　◇□

レオンティーヌは大きなベッドに一人ポツンと寝かされている。ここはテオドルスの自室のようだ。

この部屋に連れてくると、テオドルスはベッドのシーツを侍女にめくらせ、小さな卵でも扱っているのか？と思うほど慎重に慎重にレオンティーヌをベッドの真ん中に寝かせると、すぐに部屋を出ていった。

その部屋の外でテオドルスが苛立《いらだ》ち、「医師はまだ来ないのか？」と侍従に話しているのが聞こえる。

レオンティーヌは天井を見ながら、どうして自分は今ここに寝かされているのだろうと、あの小鳥がインフェルノドラゴンだと、学者たちに告げたあたりから、思い起こしてみる。

確かに本を読みすぎて少し体はだるいが、どう考えても寝る必要はない。でも、起き上がろうとすると、テオドルスの心配そうな顔が浮かび、起きるのを断念した。

「起き上がってたら、心配ししょうだし……」

つぶやくと同時に、またノックもなく扉が開いた。今度は、扉は無事である。

「コルンバーノ、よく診てくれ！　レオンティーヌが獣に触れたかもしれないのだ！」

テオドルスがあたふたしているが、コルンバーノと呼ばれた五十代の優しげな医師は、全く動じていない。

「陛下、落ち着いてください。まず陛下にお聞きしますが、ご自身でその場で起きたことをご覧になってもいないのですよね？」

「見てはいない。だが、レオンティーヌが聖獣の近くにいて、とても危険だったことは事実だ！　それに顔色が真っ青だろ？」

コルンバーノは、テオドルスと話すのをやめてレオンティーヌに向き合った。

「では、レオンティーヌ様。今ご気分が悪かったり、痛いところがあったりなさいますか？」

ごまかすわけにはいかないので正直に話す。

「体はだりゅいでしゅ。でも、痛いところはにゃいでしゅ」

テオドルスに安心してもらうために、もう一つ加える。

「しょれと、わたしは聖獣に触れてましぇんよ」

レオンティーヌがそう言うと、コルンバーノ医師は、大きく頷いた。

「レオンティーヌ様は本当に優秀でいらっしゃる。魔力量の減少による症状のようですが、このまま安静にしていれば大丈夫でしょう。まあ、陛下の手前、一応診察をしておきましょう」

お茶目な医師は小声で言うと、ウィンクして診察を始めたのだった。

診察を終え、レオンティーヌに大きな問題はないと、コルンバーノ医師が伝えた。結果を聞きほっとしたテオドルスの表情を見ると、もしかすると父親のことを誤解していたのかもしれないと思い始めた。

そこで改めて自分の父だという国王を見る。

身長は高く、体つきも服の上からでもわかるほどの筋肉のつきよう。そして、自分と同じ深緑の瞳。髪の色は金髪で、前世が黒髪で現在もダークブラウンの自分にとって、その髪色は実に羨《うらや》ましい。

じろじろと見すぎたかもと思ったが、テオドルスの方もレオンティーヌをじっと見ていた。

しかし、レオンティーヌと目が合うとさっと逸《そ》らす。

「レオンティーヌに、怪我がなくて本当によかった……と思わぬか？」

返事をしようとしていたレオンティーヌは肩透かしを食らい、代わりに質問をされた侍従が「……そうですね」と返事をした。

気まずい時間が流れたあとで、テオドルスの手がレオンティーヌの頭に伸びてきて、てっきり頭を撫でるのかと思ったが、その手はすぐに引っ込められた。まるでレオンティーヌに触れるのを恐れているようにも感じる。

（今、私の頭を撫でようとしたよね？　それに怪我もしてないのに、この大げさすぎる待遇……。もしかして、嫌われていないのでは？　いや、私のこと大好きよね？）

そうはっきりと自覚すると、レオンティーヌは右腕の王紋のあたりが温かくなるのを感じた。

レオンティーヌを前に戸惑っていたテオドルスは、そばにいた侍従に「オルガを呼び、離宮に連れ帰るように言ってくれ」と言い残し去ってしまう。

もう、行っちゃうのか……、と思ったが寂しくはなかった。なぜなら、レオンティーヌはもう気がついたからだ。あれは、娘を前に照れていたのだと。そう考えると今までのテオドルスの行動すべてに合点がいった。

「なるほど、ツンデレでもなく、ずっとデレデレだったわけでしゅか……。じちゅに、わかりにくい」

しばらくテオドルスのことを考えていたが、魔力不足のせいですぐに眠気に襲われたのだった。

◇□　◇□

レオンティーヌは、聖獣のところに行くことを禁止されてしまった。禁止したのは、もちろんテオドルスだ。

そのせいもあって、レオンティーヌは平穏でいつもと変わらぬ、ちょっぴり退屈な生活を送っていた。

でも、読書の点だけで考えれば、ヨリックの許可を得て本の数も少し増やしてもらって、おおおむね満足な日々である。

あと、変わったことといえば、二つある。まず一つ目は、レオンティーヌの右腕の王紋が、明らかにはっきりとしてきたことだ。以前は皮膚の下を通る血管よりも薄く見えにくかったが、今は白黒の転写シールを貼ったように、はっきりと見ることができる。レオンティーヌは嬉しくて、自慢げに離宮の皆に見せると大喜びしてくれた。中でも、オルガは泣き崩れて大変だった。ヨリックは表情を変えなかったが、少しの間目頭を押さえていたのを、レオンティーヌは知っている。

もう一つは、王宮の外に出た際、以前は遠巻きに見ているか、挨拶もそこそこに立ち去るという感じだった人々が、テオドルスが王女を気にかけているという噂が広まると、皆積極的に挨拶を交わしてくれるようになったということだろうか。

しかも、言葉の神様に加えて、知識の神様のご加護も受けていると言われ、遠くから拝まれていることもあるほどだ。

しかし、本人はこれに全く気がついていない。

そういったこともあり、レオンティーヌが色々なところに散歩に行っても、嫌な思いをすることもなくなり、ついつい遠出してしまう。

今日のお散歩コースは離宮から南の庭園へ、さらに南に行ってから西へ……と足の向くまま気の向くままで、好き勝手に歩いていた。すると、「ガルルルル」と遠くから唸《うな》り声がする。

「ヨリックしぇんしぇい、まだ聖獣しゃんのご機嫌は悪いままなのでしゅか？」

「そうですねぇ。ますます悪化しているようですよ」

飼育員から聞いた話では、インフェルノドラゴンとは別の、もう一匹の大型聖獣とは、若いフェンリルらしいのだが、いつまで経ってもおとなしくならないのだ。

お手上げの飼育員が、とうとう我慢ができなくなり、レオンティーヌの知恵をお借りしたいと、テオドルスに直訴したらしい。

だが、「そんな狂暴な獣を可愛い娘に近づけるわけにはいかない！」と、聖獣を獣扱いした上に、飼育員の頼み事も却下。

そして、なんとテオドルスが自らフェンリルの檻《おり》までやって来て、『聖獣をしつける』という。

だが、フェンリルはしつけられる以前にテオドルスが近づくたびに唸るのをやめて、おとなしくなったらしい。

目の前にテオドルスが立った時には、尻尾を丸めてうずくまっている始末。

「なんだ？　ずいぶんとおとなしいではないか？　しかも可愛い顔をしている」

テオドルスが檻の中に手を入れると、フェンリルが体を震わすのだ。唸り声の代わりに
「クーン」と弱気な声。

「あの……いつもはこんなんじゃなくてですね……恐ろしい牙をむき出して吠えてくるんです

よぉ！」

飼育員が必死で訴えるが、テオドルスの前で子犬のように震えている聖獣を見て、誰が怖いと思うだろうか？

「また、手に負えなくなったら私を呼べ。レオンティーヌをこれに近づけてはならん」

テオドルスがそう言って遠ざかると、フェンリルの垂れていた耳がピンと立ち、丸めた尻尾を解いて、再び唸り声をあげだした。

「ひえええ」

テオドルスにとって、飼育員の訴えがわからない。

他の者ならば、暴れる唸る威嚇するなどの行為をするフェンリルだったが、今まで一度もテオドルスの前では、そのようなことをおくびにも出さないし、とてもおとなしいものだった。

それなのに、再びレオンティーヌに協力してほしいと、助けを求めてきたのだ。

「はー……フェンリルのことをどう思う？」

テオドルスは、ソファーで優雅にお茶を飲む宰相のベルンハルト・コークに相談した。

「言っては悪いですが、陛下のいらっしゃらない時、聖獣がどれほど凶暴になるかご存じないから、飼育員の苦労がおわかりにならないんですよ。先日私もフェンリルを見学に行ったのですが、いきなり『威圧』で唸られて、恐ろしくて腰が抜けましたよ」

ベルンハルトに言われたが、テオドルスが見た子犬のように怯《おび》える姿からは、全く想像できないと首をかしげる。

「檻に入っていますし、レオンティーヌ様に少しだけ現状を見ていただくぐらいならよろしいのでは？　それにレオンティーヌ様も聖獣を見たいと、おっしゃっているそうじゃないですか」

「それは、本当か？」

その質問にベルンハルトが頷く。

渋い顔をするテオドルスだったが、日に日に痩せる飼育員の姿を思い出した。

（まあ、あの程度ならレオンティーヌが近づいても大丈夫か？　万が一、娘に向かって吠えたなら聖獣といえども絶対に許さないが……）

飼育員の頼みだけなら、許可しなかったが、当の本人であるレオンティーヌが聖獣を見たいと言っているとなれば、話は別だ。騎士をつけ、遠くからならばと見ることを了承した。

その知らせを受けた飼育員と例の生物学者たちが、フェンリルがおとなしくなる方法を教えてほしいと、レオンティーヌがいる離宮に飛んで行ったとテオドルスは聞く。


次の日、王宮図書館の【聖獣・魔獣コーナー】で図鑑を見ていると、ヨリックに声をかけられた。

「これはテオドルス陛下、今日はなぜこちらに？」

返事をしようとしたら、ヨリックの後ろにレオンティーヌがいるとわかり、顔がこわばった。

慌てて本を片づけて立ち去ろうとする。

だが、立ち去るより先に、レオンティーヌに話しかけられてしまった。

「あの、おと……」

レオンティーヌはお父様と言いかけている。だが、そう呼ばれることはなかった。

「テオドリュス陛下も、聖獣しゃんのことを調べに来たのでしゅか？」

一生懸命に話かけてきた娘の質問に、答えず立ち去るなんて、そんなもったいないことができるはずがない。立ち止まり、眉間にシワを寄せて、可愛い娘の質問に、真剣に答えようとした。

「うむ。先日、聖獣の件で飼育員たちが困っていると、訴えがあったのでな。それでここに来たのだ。……で、レオンティーヌも……」

言いかけたが、テオドルスはレオンティーヌと目が合うと沈黙してしまう。テオドルスが言いかけた続きを、目を輝かせてレオンティーヌは待っている。以前より少し近くまで来て、嬉しそうな顔を見ると次に何を言うべきか焦ってしまい、テオドルスはためらってしまった。

しかし、怯《ひる》んだテオドルスに、間髪入れずに取りなすヨリック。

「そうなのです！　レオンティーヌ様も聖獣のことでお調べになりたいと、今日はこちらに来られたのですよ。どうですか？　ご一緒にお調べになられては！　レオンティーヌ様もそうなさりたいですよね？」

ヨリックがレオンティーヌに、会話をするチャンスは今だよ、と目で促している。

「じゃあ、えとえと、テオドリュス陛下も、わたしと一緒に調べましぇんか？」

「いや、私は……」と、テオドルスはいきなりのお誘いに言葉に詰まってしまった。

断ろうとしたわけではなかったが、レオンティーヌの顔が一瞬で暗くなるのを見てしまう。

（し、しまった……）

「違うのだ。断るつもりはなくて、私といても大丈夫なのかと……。では、一緒に調べようか……」

テオドルスの言葉で、レオンティーヌの顔は一瞬で明るくなる。

ああ、断らないでよかった、としみじみ娘の喜ぶ顔を見て、心が温かくなるのを感じた。

だが、二人の間に会話もなく、隣り合って座っているだけである。もじもじするレオンティーヌと、会話の糸口をなんとか掴もうと、脳内で巡らせすぎた結果、顔が、泣く子も黙る……ではなく、泣く子もひきつけを起こして倒れるほど、テオドルスは怖い形相になっていた。

このまま二人のどちらかがしゃべりだすのを待っていては、いつになるかわからない。

状況を察したヨリックに、再び助けられた。

「テオドルス陛下は、すでに間近でフェンリルをご覧になったと聞いています。その時の様子を、レオンティーヌ様もお知りになりたいですよね？」

レオンティーヌはフェンリルのことをよほど知りたかったのだろう。嬉しそうにうんうんと頷き、「ぜひ、教えてくだしゃい」と質問をしてきた。

うるうるお目目の娘に、可愛くお話をせがまれているこの状況に、どう対処すればいいのかわからないが、聞かれたことにきちんと答えなければと、フェンリルの体高は一五〇センチだったとか、魔力量はどのくらいだったとか、その時の様子を思い出していた。

しかし、それを答える前に、再びレオンティーヌが質問をしてくる。

「テオドリュス陛下は、フェンリルとお会いになったしょうですが、怖くなかったでしゅか？」

娘の質問がたどたどしい。

(可愛いな……癒やされる)

「ああ、『くーん』と泣いて子犬のようであったぞ」

難しいことは言わず、自然に会話できた。

しかし、この返答に、レオンティーヌが首をひねっている。

「檻の中に手を入れようとしゅると、噛みちぎろうとしゅるらしいでしゅが……」

テオドルスは、檻の中に手を突っ込んだ時のことを、嘘偽りなく話した。

「手を入れると、檻の隅まで下がっていたな。可愛いものだ。もちろん、レオンティーヌの可愛さとは……比べものにはならないが……」

最後の方はゴニョゴニョとなってはっきりとは言えなかったが、テオドルスは会話できたことに満足をしていた。だが、レオンティーヌは、難しい顔をしている。

実はこの時ようやくレオンティーヌは、事態を把握することができたのだ。

(もしかして、テオドルス陛下の方が強すぎて子犬としか認識できず、フェンリルも威圧されて怯えているのでは？　つまり……テオドルス陛下に質問をしても、普通の答えは返ってこないのだな)

その間、難しい顔で考え込んでいる様子が可愛くて、テオドルスはじっと横顔を眺めていた。至福の時である。

レオンティーヌは何やら一人で考え込んでいたが、急に顔を上げて唐突に質問をしてきた。

「テオドリュス陛下は、そのフェンリルしゃんに、お名前はちゅけないのでしゅか？」

「名前か？」

少し考えてから、テオドルスは反対にそのまま質問を返した。

「レオンティーヌは何かつけたい名前があるのか？」

レオンティーヌなら、いったいどんな素敵な名前をつけるのだろうと知りたくなったのだ。

「ふううう……、えっとえっとぉ」

答えを焦るレオンティーヌに、テオドルスがふっと柔らかく微笑んだ。

「じゃあ、レオンティーヌがフェンリルとインフェルノドラゴンの名前をつけてくれないか？」

「わたしが？」

レオンティーヌが驚いていると、侍従がテオドルスを呼びに来た。

「陛下……、そろそろお時間です」

「うむ……。では、レオンティーヌ。よい名を頼むぞ」

テオドルスが名残惜しそうに席を立つと、同じようにレオンティーヌも少し寂しそうにしながら、見送ってくれたのだった。


レオンティーヌはテオドルスが去ってから、少し力が抜けたようにほうけていた。

「お話しになれてよかったですね」

ヨリックが十冊ほどの魔獣図鑑を運んできて、レオンティーヌに声をかけた。

「うん。でもテオドリュス陛下はお忙しいしょうだったのに、大丈夫かな？」

「ご心配なさらずとも、大丈夫ですよ。レオンティーヌ様とお話しになれたことで、力が湧いてきていらっしゃるんじゃないでしょうか」

そんなものなのか？　まあ、それならいいのだけれど、とヨリックが持ってきた本を見ていると、その中に一冊可愛い絵本が交じっていた。

「これは絵本？」

首をかしげて、開いてもいいか聞く。

「これは、私が幼い頃に読んだ本でして、まさか王宮の魔獣聖獣のブースにあるとは思わず、懐かしくて持ってきてしまいました」

照れて焦っているヨリックが珍しくて、その本に興味が湧く。小さくて薄い本の表紙には、大きな犬と男の子の絵が描かれていた。

「ヨリックしぇんしぇいが、読んでいた絵本……どんなお話でしゅか？」

よほど恥ずかしいのか、少しためらっている。だが、最後には話してくれるところが、やはりレオンティーヌには優しいのだ。

「たわいもない夢物語ですよ。聖獣とは絶対に懐かないものですが、男の子が聖獣を世話しているうちに、だんだんと心が通じ合い、友達になるというお話です。小さい頃はこの本を信じて、絶対に聖獣と友達になるって、意気込んだものです」

「しょうなんだ……。聖獣はなちゅかないのか……」

なぜかその物語の結末を知りたくて、つい絵本を開いてしまった。すぐに読了したが、なぜか挿し絵を眺めながら、もう一度初めから読みたくなった。そして、ゆっくりと何度も繰り返し読んだのだった。

瞳を金色に光らせながら……。

次の日、レオンティーヌとヨリックと、なぜかサミュエルも一緒に、フェンリルがいる飼育員の事務所へやって来た。

「私たちのためにわざわざご足労くださり、ありがとうございます」

顔色の悪い飼育員が、挨拶もそこそこに「こちらへ」と三人を案内し、フェンリルの檻の前に連れてきた。

飼育員が近づくだけでも唸り声をあげ、さらに威圧をかけたのか、魔力が弱い飼育員は腰を抜かして震えている。

「ご覧いただいた通り、世話をするたびにあんな感じでして。恐怖で胃を悪くするものが続出で、皆、食事もとれなくなっています。どうか、レオンティーヌ様。あの魔獣の機嫌がよくなる方法があれば、教えてください。このままでは私たちは持ちません！」

確かに、これは胃へのストレスが大きい。

「昨日調べた中に、フェンリルの好物などありましたか？」

ヨリックが小声で聞いてくる。

「好物はありましゅが、ここの飼育員しゃんは、しゅでに試してまちた。でも全く、ご機嫌にはならなかったようでしゅ」

「じゃあ、打つ手はないのですか？」

サミュエルがひそひそ話に参加し、心配そうにレオンティーヌの顔を覗き込んだ。

「ふふふ、皆しゃん！　お任せくだしゃい。このレオンティーヌ、とっておきの案があるんでしゅ‼」

その自信に満ちた言葉に、「おおお！　さすがレオンティーヌ様だ‼」と、皆すがるように目を見開く。

「その案とは？」

飼育員の一人が我慢できずに尋ねた。

「えっへん。その名も『お友だち』でしゅ」

「……？」

「……？」

誰も意味を理解していなかったようで、首が四十五度曲がっている。そして、その後方で一人頭を抱えるヨリック。

「まさか、あの絵本で？　だから、あの話は絵本の夢物語だと言ったのに‼」

ひとり崩れ落ちるヨリックを尻目に、レオンティーヌは意気揚々としていた。

飼育員が「そのお友だちとは……詳しく説明をお願いできませんでしょうか？」と戸惑いながらも聞く。

「簡単でしゅ。わたしがフェンリルしゃんとお友だちになって、ご機嫌になってもらうのでしゅ！　お友だちのお友だちは皆仲良し！　だから飼育員しゃんとも仲良しになれましゅ！」

名案‼とばかりに叫んだが、そこにいた大人全員が崩れた。だが、レオンティーヌはお構いなしで、無防備にすたすたと檻の前へ。
「あんなに小さなレオンティーヌ様が威圧を受けたら、トラウマになります！　お逃げくださ
い‼」
飼育員が叫んだが、小さな人間の出現にフェンリルも戸惑っているのか、吠えも唸りもしな
い。
その時レオンティーヌが小さな腕を広げた。
「フェンリルしゃん、お友だちになりましょう！　あなたのお名前も考えてきたんでしゅ。そ
の名は『フウしゃん』です！」
「ああー……ネーミングセンスが……」
絶望に近いため息が辺りから漏れる。
その上悪いことに、今までおとなしかったフェンリルが、のそっと立ち上がり、なんと鋼鉄
の檻を一噛みで破壊。
フェンリルの怒りに触れてしまったのか、と大騒ぎになる。ヨリックはレオンティーヌを助
けようとするが、逃げようとする人に押され、前に行けない。
だが、ここで意外なことが起こる。レオンティーヌが、手を伸ばして体を撫でると、フェン
リルが頭を下げたのだ。
すると、レオンティーヌの足下から、無数の金色の文字が飛び出して、それが糸のように繋

がり、レオンティーヌと聖獣のいる床に、美しい魔方陣を描きだす。その魔方陣ができあがると、強烈なピンクの光を放出し、そこにいた人々の目をくらました。

しばらくして光が落ち着き、皆が目を開けると、フェンリルがレオンティーヌの頬をペロペロと舐めていて、ペットのワンちゃん状態に……。

「フウしゃん、お名前を気に入ってくれたでしゅか？　うふふ、よかったでしゅ」

そう言ってレオンティーヌが笑っている。

逃げようとしていた者も、一旦足を止めて、何が起きたのか確認のために振り返った。

すると、フェンリルがレオンティーヌに頭を撫でてもらって、気持ちよさそうにしているではないか！

「いったいこれはどうなっているんだ？」

不思議そうに眺めている人たちに、レオンティーヌが説明を始めた。

「いいでしゅか？　お友だちとは人間同士に限らじゅ、他の動物でもお友だちになれるんでしゅ。きっとフェンリルしゃんも、お名前で呼んでほしかったのでしょう！」

この説明に、そこにいた全員が、心のこもっていない一オクターブ低い不協和音の音で返事をする。

「「「へー」」」

感情のない返事を聞いても、レオンティーヌの持論が続く。

「これでフウしゃんとみんなもお友だちになれたはずでしゅ。ほらこんなに可愛いでしゅよ！」

しかし可愛いはずのフウさんは、レオンティーヌ以外には牙を見せていますけど……。と言いたいが、満面の笑みのレオンティーヌには、言いだせないのだった。

レオンティーヌが去ったあとフェンリルは、檻には入らなくなり、飼育員を困らせたが、おとなしくなっている。

威圧で困らせることもなくなったが、レオンティーヌの言うようなお友だちになれたわけでもなく、怖い存在のままである。

『フウしゃん、皆さんを困らせてはいけましぇんよ』とレオンティーヌが言ったことを、守っているようだ。

なぜ、ここまでおとなしくなったのか、皆はわかっていないが、この時の魔方陣が昨日読んだ絵本で手に入れたテイムという魔法を使ったのだとわかるのは、ずっとずっとあとのことである。

第五章　おかえりなしゃい

朝一番で、不思議な光景を、目にすることができるようになった。それはインフェルノドラゴンの幼鳥の『ルノさん』とフェンリルの『フウさん』、レオンティーヌと、以下二人のお散歩である。以下二人とは、家庭教師と創薬研究所の所長だ。

ここ最近の散歩コースの定番は、テオドルスの住居棟と政務棟を回るコースだ。

この近くを中心に回っているのだが、これはレオンティーヌを見たテオドルスが、もしかしたら出てきてくれるのではと、レオンティーヌが期待しているからである。

しかし、今日も空振りに終わったようで、小さな背中が行きよりも少し元気がない。

「おとーしゃまに会いたいな。でもお仕事が忙しいからしかたにゃいよね……」

レオンティーヌの元気がなくなったのを、敏感に感じたインフェルノドラゴンの幼鳥が、レオンティーヌの頭に飛び乗り、フェンリルも尻尾で、レオンティーヌの頬をふさふさしてくる。

インフェルノドラゴンにも名前がつけられ、無事？　テイム済みである。

この不思議な散歩が始まった頃は、ふわふわのフェンリルの尻尾と戯れながら歩くレオンティーヌが可愛くて、つい微笑ましく思い、近寄りすぎてフウさんに牙をむかれて転んで怪我をする、という者が多数出た。

なので、今はこの可愛い姿を遠目から見守る、というのが、いつの間にかできたルールである。

しかし、この散歩をさらに遠くの建物の中から、心配そうに見ている人物がいる。それは国王のテオドルスである。

レオンティーヌが父に会いたいと思っているように、父もまた娘に会いたいと、レオンティーヌの散歩の様子を見ていた。

レオンティーヌの笑顔につられて微笑むテオドルスだが、このフェンリルには苦々しい思いがあった。

なぜなら、先日部下の一人が『愛娘《まなむすめ》に可愛い子猫をプレゼントしたら、ほっぺにチュッってしてくれたんですよ！』と自慢していたのを聞いて、テオドルスもそれを期待して真似するつもりでいた。しかしその前に、あんな大きくて可愛くもない獣が、娘のペットになったことが腹立たしいのだ。

それに伴い、娘からのほっぺにチュッ、もなくなったことが何よりも悲しい。

それともう一つ、そのプレゼントの可愛いペットを通して、娘との距離を縮める作戦もなくなったのは痛手だった。

可愛い子猫を可愛がるレオンティーヌを膝にのせて、その可愛い娘を可愛がる父……、という夢のような計画が！

今さらペットをレオンティーヌに贈る訳にもいかず、建物から眺めるだけになっている。

「話しかけたいのなら、今すぐにお行きになればよろしいのでは？」

そわそわとしているテオドルスに、真っ当な意見を言う宰相のベルンハルト。

「用事もないのに何をしに行くんだ」

そんなこともわからないのか？といわんばかりに首を横に振るテオドルス。

「家族は用事がなくても、何げない会話をするものなのですよ。例えば『今日はご飯をいっぱい食べたか？』とかね？」

そう言って勧めてもなかなか窓の外を見ているだけで、一向に動こうとはしないテオドルスに、ベルンハルトは格好の用事を見つけて遠くを指差した。

「ちょうどよい人物がレオンティーヌ様のところに向かっていますよ」

テオドルスは言われた方向に目を向けると、大急ぎで出ていった。

残されたベルンハルトは、「あーどうしてこうも頭が固いのだろうか……。本当に手がかかる」と漏らし、仕事に戻るのだった。

今日も、のんびりとした朝の散歩だったが、レオンティーヌの行く先に影ができる。

上を見上げると、真っ白な髪の毛の男が立ち塞がっていた。が、すぐにレオンティーヌの前にひざまずいて自己紹介を始めた。

「レオンティーヌ様。初めてお目にかかります。私は第五騎士団の団長を務めていますハイメ・ロペスと申します。以後お見知りおきください」

長い髪はキッチリと一つにくくられ、真っ赤な瞳の顔立ちはきれいだが、友好的ではない。神経質そうに眉をひそめていて、レオンティーヌを品定めしているようでもある。

ハイメはテオドルスの旧友で、年齢は三十歳、独身。長い間国境警備についていたが、家を出てから帰ってこないので、ロペス家の六十歳の両親が、国王に休暇をとらせてほしいと言ってきたのだ。

実家は何代も続く鍛冶屋だったが、ハイメは家業が嫌で、若い頃家を飛び出し、騎士団の門を叩いた。

それから家には帰っていないのだから、親が一度は帰ってきてくれ、と望むのは当たり前である。

しかし、当の本人はせっかくの休暇をもらっても家に戻らず、この王宮にいるのだ。

レオンティーヌが見る限り、このハイメが自分に警戒心を抱いていることがひしひしとわかった。

なぜなら、形だけの礼で膝をついているが、胸を反らせてレオンティーヌの顔を冷たい目で見下げているからだ。

（これは、厄介な人に声をかけられた気がするな）

しかもこのご仁は挨拶したあとも、レオンティーヌの道を塞ぐように立ち上がり、今度はヨリックに睨みを利かせているではないか。

ヨリックも売られた喧嘩《けんか》は、しっかりお支払してでもお買い上げになるタイプ。その後ろでサミュエルはいつものあわわ状態。

通せんぼ状態に、困っていると、レオンティーヌの後ろからテオドルスの声が聞こえた。

「ハイメ、なぜここにいるのだ？　さっさと家に帰れと言っただろう？」

ハイメがレオンティーヌの方へ向かっているのを知って、慌てて駆けつけたのだ。

「あはは、家に帰ったところで、家業を継げ、結婚しろと言われるだけなので、ここでたまっている報告書を書きながら、休養をしています。それに……」

何か言おうとするテオドルスより先に、ハイメはレオンティーヌとヨリックを交互に顔を向けた。

「このところ、噂をよく聞きますよ。えーと言葉の神？　知識の神と、すべての動物を司《つかさど》る神に愛された王女レオンティーヌ様にぜひお目にかかりたく、早朝のご挨拶にまいった次第です――王女を使った子供騙しな詐欺師にも」

最後にハイメが言った言葉は聞こえなかったが、『神』という言葉が出たことにレオンティーヌは驚いた。

（な、何？　知識の神と動物の神？　そんなこと言われているの、全然知らなかったよ？）

あたふたして、何か知っているはずのヨリックを見ると、その噂については知っていたのか、うんうんと目を細めて嬉しそうにしているだけだ。

次にサミュエルを見るが、サッと目を逸らされた。

仕方がないのでハイメに尋ねる。

「わたしが、しょんなふうに言われているのは、じぇんじぇん知らなかったわ。本当でしゅか？」

「ええ、もちろん本当です。王宮内でも王都でも噂されていますよ。私の仕事の方でもぜひ一度、お知恵をお貸しいただきたいものですねぇ」

にこにこ言っているが、不信感がひしひしと伝わってくる。きっとハイメが見に来たのは、どちらかというとレオンティーヌよりも、ヨリックと聖獣のようだ。

特に熱心にフェンリルを見ている目が、何か他の用途で使えそうか、と考えていそうで怖い。

「この子たちは道具ではありましぇん。あなたに、貸しましぇんよ」

凛《りん》とした口調で言ったつもりが、そうは聞こえないところがつらいところ。

でも、ハイメにもその気持ちは伝わったようで、素直に謝ってくる。

「レオンティーヌ様の『お友だち』を使おうなんて思っていませんが……仕事柄つい、色々と奇策を考えてしまう癖がついているのです。お許しください」

すぐに頭を下げるハイメ。悪い人ではないようだが、レオンティーヌとヨリックに、何か探るような目を向けてくることが気になる。

「とにかく、ハイメ。しばらくの間、体を休めることにしろ。そして家に帰れ」

そうテオドルスから釘《くぎ》を刺されたハイメは頭を下げると、すぐに踵《きびす》を返してどこかに消えていった。

いったい何が言いたかったのだろうと思ったが、テオドルスの言葉に全部忘れてしまう。

「レオンティーヌ、一緒に散歩をしよう」

「ふえ？　一緒に散歩？」

ぶわーーと顔じゅうから喜びが溢れ出す。ハイメに引き留められた時、少々厄介な人に絡まれたと思っていたが、こんなことになるなら、ハイメに感謝だ。

「転ぶと怪我をするから、手を繋ごう」

小さな手で大きな手をぎゅっと掴む。テオドルスも、握り返してくれるかと待っていたが、優しく包むといった感じで握るわけではなかった。でも、その手はとても温かくて心から安心することができる。同時にレオンティーヌは右の前腕がほのかに温かくなるのを感じた。

「疲れてないか？」

「大丈夫でしゅ！　テオドリュス陛下こしょ、疲れてましぇんか？」

「ああ、大丈夫だ」

「……、今日はいい天気でしゅね」

「そうだな、雲一つないな」

とまあ、レオンティーヌとテオドルスの最初の散歩はこのように、短い会話を紡ぎながら、楽しく過ごしたのだった。


数日後、再びインフェルノドラゴンのルノさんとレオンティーヌは遊んでいた。

「ルノしゃん、少し大きくなりまちたね。前は小鳥だったのに、もう鳩しゃんくらいでしゅね。これからもっともっと食べて大きくなってくだしゃい。そして、ふふふ……背中に乗しぇてね」

インフェルノドラゴンは大きくなると、人を何人も乗せられるくらいになると読み、そこから成長するのが楽しみでならない。しかしながら、伝説のドラゴンといっても、育つスピードはゆっくりのようだ。

わくわくしているレオンティーヌに、返事をするようにルノさんが『クォー』と鳴いた。

「へえ、さすが動物の神の加護を受けた姫様だ。インフェルノドラゴンとまでおしゃべりできるんですね」

声の方を振り向くと、先日会ったハイメが立っていた。

「ハイメしゃん、今日も王宮に泊まってたのでしゅか？　お家《うち》ではご家族が待っていらっしゃるのでは？」

そのことについては触れられたくなかったのか、急に苛立ち束ねた頭髪が乱れるのも構わず、ハイメはガシガシと頭をかきながら、レオンティーヌをギロッと睨む。

しかし、レオンティーヌは睨まれても嫌われても、絶対に伝えたいことがあった。

ハイメの家はとても腕のよい鍛冶屋で、王都の外れとはいえ、帰ろうと思えばすぐに帰れる距離なのだ。

「レオンティーヌ様、大人は家に帰りたくても帰れない時があるんですよ。わからないと思いますが……」

家に帰れない理由をつくっているのはハイメなのではないか？とレオンティーヌは推測している。

前世の家にはもう二度と帰れないレオンティーヌは、自分の言葉で一生懸命に語りかけた。

「一つだけ言っておきましゅ。親孝行したい時に親はなしってどこかの国のことわざにありましゅ。帰りたい気持ちと時間がありゅなら帰りなしゃい！　昔に何か親ごしゃんとあったようでしゅが、昔に意見が合わにゃいというなら、今現在の考えの親ごしゃんと一度話し合いなしゃい。しょれでわかり合えにゃいなら、決別を考えればいいのでしゅ」

相変わらず、ビシッとはいかず決まらないが、言いたいことは言えたし、これだけ言えば帰るかな？と、ハイメを見ると、当のハイメは瞬きもせずに目を見開いているだけ。

これほど言ってもハイメの心には刺さらなかったかと、これ以上親子関係に足を突っ込んでも面倒なので、離宮に戻ろうと準備をし始める。

「……ことわざ？　わかり合えない？」

ぼそっとハイメがつぶやいたところで、王宮が急に騒がしくなっていた。

騎士の一人がハイメに向かって走ってきて、一礼をすると「サリナベ国内にて不審な動きありと報告がありました。すぐに政務棟にお戻りください」と告げる。

ハイメはレオンティーヌに何か言いたそうにしていたが、そのまま振り向きもせずに戻っていった。

その後すぐに、レオンティーヌはサリナベ国のことを調べた。それでわかったのだが、サリナベ国は、国王が好戦的なタイプのようだ。しかも、国土がエールトマンスよりも広いとあって、国力もサリナベ国の方が上だと勘違いしている節がある。さらに、戦闘員もサリナベ国の方が多いとあって、軍事力もエールトマンスをしのぐと思っているようだ。だが、実際にはサリナベ国の戦闘員は民兵組織が多いと聞いている。

なぜ、このような国が隣国なのだと、レオンティーヌはため息が出たのだった。

レオンティーヌがハイメと最後に会ってから一週間経つが、その後、彼の姿を見かけていない。戦準備のためか、このところ王宮内が騒がしくなってきた。

まだ、詳しいことは何もわからないが、ざわつきと焦燥感だけが空回りしている状況のようだ。

ハイメは騎士団長らしく作戦も立てるが、軍務卿《きょう》の爵位もある。このことからもわかるように、すべて一人でこなす人で、あまり人を頼らない性格らしい。

しかもあの白髪と赤い瞳が人外のようで怖いと民間人から避けられている。

つまり、血塗られテオドルスと人外ハイメのコンビが凱旋時に揃《そろ》っていたために、すっかり女性と子供には怖がられてしまったのだ。

日々の会話にサリナベ国の名前が頻繁に出るようになった頃、珍しくヨリックが図書館に連れていってくれた。

数日前にヨリックの目を盗んで大量の本を読もうとして、こっぴどく叱られたところだったので、こんなにも早く再び連れていってくれるなんて、今日は嵐がくるんじゃないかとレオンティーヌは思っている。

そんなことを考えていると、ヨリックは今まで行ったことのない、鍵がついた部屋へと突き進んだ。

ここに置いてある本の一冊一冊の大きさがとてつもなく大きく、普通の書物ではないことがわかった。

「なるほど、ヨリックしぇんしぇいはわたしに読ましぇたい本があって、図書館に連れてきてくれたのでしゅね？」

この考えは大当たりだった。ヨリックが「よくおわかりに！」なんて褒めてくれる。

ヨリックが、表紙がまるでテーブルの天板のような本を持ってきて、レオンティーヌの前に置いた。

「レオンティーヌ様、これは我が国の地図で異国への持ち出しは禁止です。ここから持ち出すことは絶対にできない本なので、よぉーく覚えてくださいね」

『地図』という言葉で、ヨリックが何をさせたいのか理解したつもりだった。

「ヨリックしぇんしぇい、次は隣国のサリナベ国の地図を見せる気でしゅね？」

ヨリックが微笑む。

「その通りです」

ヨリックの力強い頷きと言葉で、レオンティーヌが自慢げに答えた。

「勝ちゅための、しゅっごい戦術を考えろってことでしゅね？」

レオンティーヌの答えにすんっと急にさめた表情になるヨリック。どうやら間違ったようだ。

「いざという時に備えて、一人になった場合でも、レオンティーヌ様が安全に逃げる経路を考えていただきたかったのですよ！」

ヨリックが真顔で答える。

「しょれなら、わたしは国民全員が避難できる経路を考えましゅよ」

ヨリックが大きく目を見開き、レオンティーヌを凝視する。

「全く……、レオンティーヌ様は本当に二歳ですか？」

疑いながらも嬉しそうである。

「ふふふ、ヨリックしぇんしぇい。いつまでも二歳だと思わにゃいでくだしゃい。もうちょっとでわたし、大人になりましゅの。三歳でしゅことよ！」

えっへんと胸を張るが、ヨリックには二歳も三歳もあまり変わらないと思われていた。

自分ではすごいことだと思っていたのに、ヨリックがクスクスと笑うものだから、「ふんっ！」とそっぽを向いて、今いる本棚の裏に移動したら……難しい顔で本棚の前で立ったまま地図とにらめっこするハイメとばったり会ってしまった。少し怯むも、頑張って声をかけてみる。

「ハイメしゃんもここで地図を見ていたのでしゅね。よい作戦を考えつきまちたか？」

話しかけたが返事もなく、眉を寄せられて無視されてしまい、レオンティーヌはにこやかに微笑んだ顔のまま固まった。

ハイメは先日、二歳とは思えない意見をレオンティーヌに言われ、先日その語彙力に驚かされたこともあったのだが、さすがに文字が読める年ではないだろうと思った。まだ二歳の幼児が、どうしてここにいるのかと、レオンティーヌに懐疑的な目を向ける。

そんなハイメの態度からレオンティーヌは自分がどう思われているのか、想像がついた。大人げないハイメに、少々腹立たしく思ったが、いちいち文句を言うのも面倒なので、レオンティーヌは気にしていないふうを装って隣の本棚の上部を指差した。

「あの棚の古そうな地図を取ってくだしゃい」

ハイメはすぐ地図を取ってくれたが、一言言うのは忘れない。

「ここに絵本はないですよ」

「知ってましゅよ」

本当は物申したいレオンティーヌだったが、面倒なので短く一言だけ返し、ひとまず会話を終わらせた。

ハイメには魔力がない。これは有名な話だ。魔力がないにもかかわらず、戦では神がかり的な強さで異国から恐れられている。つまり、ハイメの隣で本を開いても、レオンティーヌはスキルを見られる心配はない。

ハイメに取ってもらった本をインプットし、ハイメに再びお願いをした。

「もう、読んだので元の位置に戻してくだしゃい」

レオンティーヌは、なにげに言ってしまったこの言葉で、ハイメを苛立たせてしまったのがわかった。読みもしていないのに、すぐに返したことで、本で遊んでいると思ったのだろう。

この状態はとても危険だ。ここには水と油に匹敵する組み合わせのハイメとヨリックが、近距離にいるのだ。二人を会わせてはならない！　そう思ったが遅かった。

「ああ、こちらにいらしたんですか？　レオンティーヌ様、今ので何冊読みましたか？」

レオンティーヌを捜しに来たヨリックとハイメが会ってしまう。

だが、ハイメとヨリックは一瞥《いちべつ》を交わしただけで、何事もなかった。

レオンティーヌは二人が衝突しなかったことに安堵し、再び本を探し始めた。

レオンティーヌは立派な本が並ぶ中に、そこに不似合いな小さな一冊の本を見つけ、ヨリックに取ってほしいと頼む。

その本はボロボロで、しかも誰かが後半を破り取ったのか、表紙側の前半部分しかない。

「ありゃ、半分しかにゃい本も置いてるんでしゅね。こういうのは、司書しゃんが直すんだと思ってまちた」

「ええ、本来はきちんと直すのですが、その本はたしか……、ここに持ち込まれた時から半分に破られた状態だったので、どうしようもありません。しかし、廃棄にするにはあまりにもよい内容だったので、ここにこうして保管されています」

『へー』と興味津々でヨリックから本を受け取ろうとしたら、ハイメにものすごい速さで横から奪い取られた。

この行動にとうとうキレたヨリックが、ハイメの腕を掴む。

黒髪ドSヨリック対白髪不機嫌ハイメに、レオンティーヌは、いつもあわわのサミュエルがいないので、代わりにあたふたしていた。

「あにゃにゃにゃ、二人ともおお落ちちゅいて」

許可された人しか入ってこられない鍵のついた所蔵室に、今にも一触即発の二人を止める者は誰もいない。

「放せ！　これは我が家にあった本だ！」

ハイメの言葉にヨリックが一瞬怯んだが、すぐに反論。

「いいや、これはゴミ箱に捨ててあったものを通行人が拾って、バリオーノ図書館に持ち込まれたあと、王宮図書館にきたのです。ハイメ様がご自身の実家にあったと、証明できるのであれば、返却しますが？」

睨み合う二人……。で、勝ったのは、黒髪ドSだった。

負けた白髪……、もといハイメはレオンティーヌにその本を返すと、近くの椅子にドサッと腰をかけ足を組む。

「その本を破いて捨てたのは、私だ。鍛治屋などやりたくなくて、騎士団に入ると言ったら『お前がなれるわけない』って親父はいつも怒鳴ってやがった。騎士団のテストを受ける日に、親父がそんな古くさい食事の分量の本を渡してきたのだ。きっと食事係の従卒くらいがお似合いだとでも言いたかったのだろうよ！　だから、すぐに目の前で破いて、半分は親父に投げつけて、もう半分はその辺に捨てたはずだった」

レオンティーヌはハイメがヨリックに向かって文句を言っている間に、しれっと渡された本をめくる。

……にやり。

「やはり、話し合いは必要でしゅね」

レオンティーヌは返された本を、とあるページで開き、「きちんと読んでくだしゃい。そして、残りの半分も読みに行きましょう」と言って開いたままハイメに渡した。

怪訝な顔をしながら、開かれたページを見ると、ハイメは動かなくなり、それから次々にページをめくり、目を皿のようにして読みだした。

その本に書かれていたのは、騎士の世話回りの従卒の本ではなく、主に人事、情報収集、食事の割り当て分を管理する軍務卿の仕事に関することが、細かく書かれていたのだ。

「この本の最初の部分は、軍務卿のお仕事にちゅいて書かれていて、後半は、騎士団長のお仕事である統率、戦術にちゅいて書かれている、いわゆるハンドブック的な本だったのではないでしょうか?」

レオンティーヌに言われ、ハイメは力なく本に目を落とし、項垂れている。

「ハイメしゃん、この答え合わしぇをしに、一度、実家に行きましょう!」

「なぜここに書かれていない後半の部分のことを知っている? それにもう実家にもないかもしれない」

「だから、すべて知ってましゅ。だってわたしには色々と神しゃまのご加護があるんでしゅもん!」

レオンティーヌはこんな時だけ、都合よく神様のご加護を使う。

久しぶりの外出だ！とヨリックを振り向くと「そうですね。現役の騎士団長が一緒なら警備的にも万全ですし、今すぐ行きましょう」とハイメを引きずって所蔵室を出る。

今日のヨリックは行動力がありすぎて、レオンティーヌでさえ、『外出許可が！』とか『警備計画が！』とか、大丈夫なのか気になるところだが、どんどんと王宮をあとにして、王都の外れのハイメの実家前までやって来てしまった。


ここまで来たのに、ハイメが家の中に入ろうとしない。

仕方ない！　ここは私が！と、レオンティーヌが大声で挨拶をしながら、ちょうど開いていた扉から中をうかがった。

「ごめんくだしゃい！　わたし、ハイメしゃんのお友だちの、レオンティーヌと申しましゅ」

ハイメの名前を聞いた途端に、家の奥からバタバタと大きな音を立て、真っ白な髪に、赤い目のおじさんが出てきた。

そして、レオンティーヌを見つけると、「今、ハイメの名前を言ったのは、お嬢ちゃんか？」と聞く。

「しょうでしゅ！」

私があなたの困った息子さんを送り届けに来ましたよ！という気持ちで、偉そうに胸を張った。

そして、レオンティーヌはハイメの実家の中から手招きすると、ハイメがためらいながらも入ってくる。

その姿を見たハイメの父は、ガバッとハイメを抱きしめた。

「無事でよかった。本当に無事で……」

ハイメも言葉を詰まらせながら「……長く帰ってこず、……すまなかった」と、あとは言葉にならない。

久しぶりの家族の対面の余韻に浸りながらも、ハイメが父親に例の半分になった本のことを尋ねた。

「ああ、あの時の本か？　たしか……このあたりに……」

ハイメの父が古い本棚を探すと、すぐに見つかった。

「これがどうしたのだ？」

父親は不思議そうにしながらも、息子に手渡す。破られた本は十二年ぶりにようやく一つになった。

その残りの本を開いた途端、ハイメは下唇を噛んだ。無論その内容について、レオンティーヌにはわかっている。

「ああ、本当に言われた通りだ。残りはあらゆる戦術が、詳しく載っている」

そうなのだ、ハイメの父は馬鹿にしたのではなかった。どこかで手に入れた『騎士の心得』の本を餞《はなむけ》に手渡し、息子を送り出そうとしていたのだ。

ハイメは父親に向き直り、頭を下げた。

「すまない。今までずっと親父を誤解していた。親父の気持ちも知らないで、十二年間も手紙を送らず、親不孝をしていた……」

ハイメの手に涙が落ちる。握りしめた力が、後悔の深さを表しているようだった。

父親はそんなハイメの手をさすり、「気にするな。危険な騎士を目指すより、この家業を継いでほしいと、反対していたのは本当だったからな」

照れくさそうに笑う父にハイメも顔を上げ、「これからは、ちょくちょく顔を見せに帰るよ」と柔らかい表情を見せる。

よかった、一件落着だなとレオンティーヌはほっとしたが……。

直後、ハイメの父親が、勘違いからとんでもないことを言いだした。

「それに……こんな可愛い孫を連れて帰ってくれたんだ、これ以上の親孝行はない」

レオンティーヌはハイメの父に抱っこされる。

ハイメ、ヨリック、そして当人のレオンティーヌですらなんのことだかわかっていなかった。

「「「ち、違う‼」」」

このあとの説明がややこしかったが、なんとか父に理解してもらえたハイメだった。

◇□　◇□

ハイメの実家に行った次の日からレオンティーヌは少し感傷的になっていた。なぜか寂しいのだ。

きっと、ハイメを羨ましく思ったのかもしれない。

しかも、ヨリックもサミュエルも毎日多忙のため、朝の散歩に同行できず、いっそう寂しく感じる。

ヨリックは、他の国から来る手紙や密書に、なんらかの仕掛けがされていないか調べるために呼び出されており、サミュエルは、今後のための傷薬開発の仕事が忙しいようだ。

フウさんもルノさんも一緒にいるのだが、王宮の雰囲気がいつもと違い、どこか張りつめているため心細い。

とぼとぼ歩くレオンティーヌを、いきなり抱き上げる人物がいた。ハイメだった。

「ハイメしゃん！　どうちてここに？」

嬉しそうなレオンティーヌに、神経質なハイメも影を潜める。

その様子を、後ろで控えていたハイメの部下らしき人たちが、驚愕の眼で見ていた。

「あのロペス卿が微笑んでいるぞ！」

あまりにもざわざわしているので、レオンティーヌは気になった。しかし、当のハイメは構わずそのままレオンティーヌを抱きかかえて歩く。

「図書館に行くのですが、一緒にいらっしゃいますか？」

図書館と聞いてレオンティーヌの返事は決まっている。

「行きましゅ！」

「あはは、いい返事ですね。では、行きましょう」

ハイメが笑ったことで、ますます騒ぐ部下に、レオンティーヌを図書館に連れていくので、オルガに伝えるように言づけた。

あれほど刺々《とげとげ》しかったハイメは、すっかりと柔らかい雰囲気になっており、特にレオンティーヌには優しい。

「今日も、地図を見に行くのでしゅか？」

「ああ、陛下は攻め込まず、防御するお考えだから、陛下の意思を尊重する戦術を考えないといけなくてね。最初に絵本コーナーに寄りますので、レオンティーヌ様は好きな絵本を選んでから、私の行く場所に持っていってご覧になっていてください」

そう言われたが、先日ハイメの実家で読んだ戦術の本と、この図書館で見つけた古い地図が、レオンティーヌの脳内でコラボレーションをしているのだ。

なので、子供向けコーナーの立ち寄りを丁寧にお断りして、地図と戦術の本がある所蔵室へと直行してもらった。

地図と戦術本のある所蔵室に入ると、レオンティーヌは靴を脱いで『よいしょ』と椅子の上に立ち、ハイメが見ている地図を一緒に眺める。

「あっ。やっぱりだ！　ここの川……」

レオンティーヌがエールトマンス王国とサリナベ国の国境付近を流れるアリエイ川を指差す。

「このアリエイ川がどうしたのですか？」

「あそこの古い地図を取って横に並べてくだしゃい」

ハイメはレオンティーヌが指定した地図を、本棚から取って言われた通りに新しい地図と百年前の地図を机の上に並べる。すると、ハイメはすぐに違いに気がついた。

「川の位置が違いますね。以前は今の川よりも西に流れていたのに、東に転流させているんですね」

レオンティーヌが補足する。

「しょうなんです。きっと川の氾濫で人工的に流れを変えたのでしょう。でもね、川は常に元いた場所に帰りたがっているものなんでしゅ。だから、ちゃんとした河川工事をしていなければ、大量の水が流れた場合、元の川の方へ一気に流れるんでしゅよ」

レオンティーヌの詳しい説明を聞いて、ハイメはしばらく考えを巡らせていた。

「ううむ。先日もそうだった。本当に他の神々同様、軍神もレオンティーヌ様にご加護をお与えになったのかもな」と独り言をつぶやくと、パンと両手で頬を叩き、再びレオンティーヌが言った地図をもう一度見る。

「アリエイ川の上流で水をせき止める。現在の東側のアリエイ川の水かさが少なくなれば、敵はすんなり渡ってくるだろう。そこで上流でせき止めている者と連携を取りながら、さらに西へ退却すると見せかけ、以前の西のアリエイ川の位置まで誘い、最終的に合図が出たら河岸段丘の上で、鉄砲水を待つ。引きつける部隊は、私の第五騎士団が引き受けるか」

ハイメの言葉に驚くレオンティーヌ。第五騎士団は歩兵部隊合わせて高々三千人である。それに比べ、サリナベ国の兵は二万五千人は下らないと聞く。

「第五騎士団だけじゃダメでしゅ！」

ハイメのことだ、敵を引きつけるために、少ない人数で挑もうとしていたのだろう。

「では、そこに私も行こう」

ハイメとレオンティーヌが顔を上げると、テオドルスが立っていた。

「お、おと……テオドリュス陛下！」

久しぶりに会った父に、レオンティーヌは嬉しそうな笑顔を向ける。だが、その顔はすぐに暗い表情になる。

「待ってくだしゃい。テオドリュス陛下は国王でしゅよ⁉　国王がそこにいるとなれば、多くの敵が国王に向かっていきましゅ！　ハイメしゃんからも言ってくだしゃい」

必死にハイメにも説得を頼む。ハイメもレオンティーヌの気持ちを察して、一緒にテオドルスの考えを思いとどまらせようとした。

「そうですね、テオドルス陛下の参加は、違う意味でやめていただきたい。それにレオンティーヌ様のお気持ちを考えればやはり、陛下は後方支援でお願いしますよ」

しかし、その意見をテオドルスははねのける。

「ダメだ、この方法なら我が軍は無傷で返り討ちにできる。それに、ハイメ、これは命令だ」

王が決めたことは覆せない。「承知しました」とハイメは渋々頭を下げた。

そして、険しい顔のテオドルスから、レオンティーヌは言い渡されてしまう。

「レオンティーヌ、今後はこの所蔵室には立ち入りを禁止する」

急に言われたレオンティーヌは、いろんな感情がないまぜになって、その訳も聞かず部屋を飛び出してしまった。父の役に立ちたかった、それだけだったのにと。

「うっ……、うえーん。へいかの意地悪うぅ！」

「レオンティーヌ、待ってくれ！」

レオンティーヌに、その声は届いていたが、止まることはできなかった。

追いかけて理由を説明しようとしたテオドルスの前に、今回のことを説明させてくださいとハイメが申し訳なさそうにひざまずいた。

「今回はすべて私の責任です。まだ幼いレオンティーヌ様に戦略を考えさせてしまったのは、私の不徳の致すところです。申し訳ございませんでした。ですが、レオンティーヌ様ご自身が思いつかれた作戦の一番危険な場所に、父君であるテオドルス陛下が向かわれるなんて、それはいけません。どうぞ、お考え直しください」

ハイメにしても、本好きのレオンティーヌに絵本を読ませてあげたいと、軽い気持ちで図書館に連れてきたが、地形を生かした戦術に引き込まれ、二人で話し込んでしまったのだ。

だが、どう説明したところで、レオンティーヌに命にかかわる戦術を考えさせてしまったのは不道徳であったと、頭を下げる。

テオドルスは、この優しい男がレオンティーヌに戦術を考えさせる目的で、図書館に連れてきたのではないと知っている。

「わかっている。レオンティーヌもお前も、自国の騎士たちの被害が出ない手を考えてくれたのだろう？　だからこそ、その自国の騎士の損害と、他国の騎士の被害の状況を聞いたレオンティーヌが傷つかぬか心配でな。それゆえに私が出ようと思っている。それを今から説明してくるつもりだ」

国王として、父として考えた結果、幼いレオンティーヌが精神的に追いつめられぬように、た。


配慮したつもりなのだ。

テオドルスはこのあとすぐにレオンティーヌの離宮に向かった。だが、父に否定されたと思ったレオンティーヌが、泣き疲れて眠ってしまっていたので、理由を話すことができなかった。

大泣きした翌日のレオンティーヌは目を腫らしていたので、オルガやミーナたちを心配させてしまったが、朝食の食欲はしっかりあったので、皆はほっとしていた。

レオンティーヌにしても、あの部屋の立ち入りを禁止にしたテオドルスの気持ちを、くみ取ることができていた。

でも、いきなり言われて悲しかったし、でしゃばったと思われたのがつらくて、心のしこりになってしまったようだ。

とにかく、父に嫌われたのでは、と不安だけがどんどんと広がっていった。

今日は朝からヨリックの授業がある日だ。この悲しみを読書にぶつけてやるんだと意気込んで待っていると、部屋に入ってきたのは、テオドルスだった。

正確にはテオドルスと扉の向こうで待つヨリックの二人である。

「陛下……。どうちてここに？」

「サリナベ国が動いたと昨夜連絡があって、これからここを発《た》つ。その前に、昨日の言い訳というか……その……、地図の部屋の立ち入りを禁止した理由を伝えたいと……」

この場にハイメがいないのは、もうすでに決戦の場に発ってしまったのだろう。

テオドルスはレオンティーヌの目線に合わせるようにひざまずく。

レオンティーヌは、父の申し訳なさそうな顔を見ると、心のしこりが少し溶けていき、自分から謝罪した。

「テオドリュス陛下の気持ちはわかってましゅ。子供のわたしに関わってほしくなかったという配慮でしゅよね」

「いや、確かにそうなのだが……、レオンティーヌは現在と古い川の位置を言っただけだったと聞いている。それに我が国を思ってのことだったというのに、申し訳なかった。また帰ったらちゃんと話そう」

「はい、いっぱい、いっぱい話したいでしゅ」

「ふふ、そうだな、いっぱい、いっぱい話をしよう。そうだ、今回のお詫《わ》びに何か欲しいものはあるか？」

欲しいものと言われ、レオンティーヌがすぐに思いつき、望んだのは一つだけ。

「えがおでしゅ！」

「ん？　笑顔？」

「知らにゃいんでしゅか？　子供が本当に、一番望んでるお土産はそれしかにゃいんでしゅ！」

レオンティーヌはそれ以外いらなかった。それ以外の候補は思いもつかない。少し、困った顔のテオドルスは、考えてから頷いた。

「よし、わかった。私の笑顔とおいしいクッキーを買ってくるとしよう」

レオンティーヌが頷くと、テオドルスは名残惜しそうにしていたが、立ち上がると部屋を出ていこうとする。

レオンティーヌは思わず追いかけて足にしがみついた。

「お、おと……テオドリュス陛下、じぇったいに帰ってきてくだしゃい……」

身動《みじろ》ぎもせずにレオンティーヌを見つめていたテオドルスは、そっとレオンティーヌの頭に手を置いて優しく撫でる。

「うむ、約束だ。すぐに戻る」

武骨な優しい手がレオンティーヌの小さな頭から離れた途端、寂しくて仕方なかった。

部屋から出ていったテオドルスの代わりにヨリックが入ってきた。そして、心配そうにしているレオンティーヌに「大丈夫です。陛下は強い」と慰めの言葉をかけてくれる。

初めての頭よしよしが最後になってしまうのではないか?とか、『すぐに戻る』という言葉にフラグが立ってしまったのではと、とにかく不安しかない。

レオンティーヌの大きな不安はすぐに解消される。

それは早すぎる凱旋をした兵士たちの笑い声で、皆が無事だと知ったからだ。

なぜにこんなにも早く決着がついたのかは、離宮近くでハイメがヨリックに話しているのを、レオンティーヌが物陰から立ち聞きして、わかったのだが――。

国境沿いの川に到着すると、すでに川の上流ではせき止めが完了していた。

敵国のサリナベはそのことに気づいておらず、天気のよい日が続いたため、水量が減っただけと思っていたようだ。

そして、ハイメが率いる第五騎士団が姿を現すと、現在の川を越えて向かってきた。

この時ハイメは、白い髪を魔法で、茶色に染めてもらっていたらしい。

なぜそんなことを？とレオンティーヌは思ったが、盗み聞きしているので尋ねるわけにもいかず、そのまま続けて耳をすます。

エールトマンス国の兵が少ないと見誤った敵は、ハイメの部隊が退くと西にあった以前の川の位置まで追ってきた。

そのあたりで迎え撃っているとすぐに合図が聞こえ、それを皮切りにハイメたちは退却と見せかけて河岸段丘の上に駆け上がった。

それにつられてサリナベの兵も追って攻めてくるが、河岸段丘の上に隠れていたエールトマンス兵に攻撃されて、登ってくることはできない。この場合、下から攻める方が不利である。

攻め上れないサリナベの兵がいる場所は廃川敷地だ。サリナベの兵はただの土地だと思っているが、そこは昔の川底である。不気味な地鳴りが響き渡り、サリナベの兵士が誘い込まれた場所に、あと少しで、鉄砲水が流れ込むはずだった。

しかし、ここでうっかりテオドルスが登場してしまう。早すぎる国王の登場に、ハイメが動揺したため、せっかくかけてもらった魔法が解けて、髪の毛の色が茶色から白に戻ってしまう。それを見た敵は、魔王とその配下が降臨した、と大騒ぎになって退却するが、そこにせき止めていた水が一気に鉄砲水となり流れ込んだ。

——ということで、テオドルスは昨日お別れしてから、今日の夕刻には王宮に戻ってきていたのだった。

ここでレオンティーヌは疑問に思ったことがある。

あまりにも真剣に考えていたのだろう、ハイメが横に座ったことにも気がつかなかった。

「可愛い額にシワを寄せていたら、取れなくなりますよ」

「うにょ！」

変な声が出てしまった。顔を真っ赤にしているレオンティーヌに、ハイメが尋ねてきた。

「で、何を悩んでいらしたのです？」

ハイメは戦いながら軍務もこなしている。つまり情報も掴んでいるに違いない。

「敵のサリナベの兵士は、おとーしゃまや、ハイメしゃんの姿を見るだけで逃げようとするほど怖がっていたのに、どうちて、我が国を攻めようなんて思ったのでしょうか？」

この問いにハイメはフッと笑い、声を潜める。

「最初に敵国で、テオドルス陛下が娘を溺愛して腑《ふ》抜《ぬ》けになっていて、戦になっても国王は出てこないと噂が広まった。そして、次にこの私、ハイメまで王女にデロデロになったので、第五騎士団の出陣はないとされていたのですよ」

「でろでろ……。ありぇ？　確かにおとーしゃまに会ったり、ハイメしゃんに会ったりしまちたが、誰がその情報をサリナベ国に流したのかな？」

シーッとハイメは唇に指を当てる。

「いるんですよ。裏切り者が。ですからレオンティーヌ様も、絶対にこれからは一人で行動なさらないでくださいね」

ハイメの赤い瞳がすーと細く冷たくなり、レオンティーヌはゾクッとしたが、すぐにいつものハイメの瞳に戻ったので、胸を撫で下ろす。

しかし、『裏切り者』がこの王宮のどこかにいるかもしれないと思うと、不安になった。

「うん、わかりまちた。一人でうろうろしましぇん」

真顔で頷くレオンティーヌに、ハイメも安堵の表情になる。

「さて、今から陛下のところに行きましょう」とお姫様をエスコートするように、恭しく手を差し出した。

レオンティーヌも本当は、すぐにでもテオドルスのところに行きたかったのだが、テオドルスの周囲に人がいっぱいで、近寄れそうになく諦めていたのだ。

ハイメはそれをどこかで見ていたのか、慮《おもんぱか》って離宮に来たのだろうか。

「うん、ハイメしゃん。ありがとう」

恥ずかしげにハイメの手を取って、政務棟に向かった。

歩いているとハイメが疲れた表情を見せ、小さくため息をつく。

「何か心労でしゅか？」

恨めしげにレオンティーヌを見て、あきれたように愚痴を言いだした。

「心労ねぇ。実は国内外での私の評価がすごくてね。今回の戦術は恐ろしい威力でしたし、まるで川の流れを神がかり的に変えたということで、私が悪魔的な何かを使ったと囁《ささや》かれているんですよ。それで世間から『赤目の魔王』なんて不名誉な呼び方をされて困っています。作戦を考えたのは、レオンティーヌ様だっていうのに……。これでまた結婚が遠のいたな」

（なるほど、うっかり私があの戦術をハイメさんに授けたなんて言ったら、『悪魔から加護をもらった幼女』と言われ、今までの功績が吹っ飛びそうだ）

「あらあら、素敵な二つ名ではにゃいでしゅか。それにハイメしゃんがその気になったら、女性が飛びついてきましゅよ」

嫉みで言ったんじゃないのに、ぎろっと睨まれてしまう。本人は知らないが、黙っていれば憂いの横顔で卒倒する女性もいるくらい人気なのだ。

無駄にいい魅惑の横顔を見つめながら歩いていると、すぐにテオドルスのいる棟に着いた。

いつ来ても人がたくさんいるが、今日の政務棟はごった返しているという表現がぴったりだ。

文官と騎士が入り乱れていて、そこらで怒声が飛び交っている。

「なんで、三日間の食料を準備したんだ！　初めから一日で決着がつくと言っていただろう？余った食料をどうするつもりだ！」

「水攻めに一番重い甲冑《かっちゅう》を用意したのは誰だ！」

怒号の中を進み、テオドルスの執務室の前に着いたのはいいが、扉の向こうからは、どこの部署よりも静かで冷ややかな雰囲気が漂っており、ノックすることさえためらわれる。

だが、ハイメは全く気にすることなくコンコンと軽ーくノック。

「なんだ？　今は今回の件の処理について話している！」

テオドルスの不機嫌な声が響いたため、レオンティーヌは『無理無理』と手をバッテンにして、中に入れないと意思を伝えた。

なのに、ハイメは「レオンティーヌ様をお連れしました！」と言ってしまう。

部屋の中がバタバタとしていて、扉を開けると青い顔した人や真っ白に血の気のない人がどんどんと出てくる。

そして、誰もがレオンティーヌに「助かりました」と礼をして去っていった。

誰もいなくなった執務室を覗くと、大きな机にテオドルスが座っている。

置物のように動かない。

「テオドリュス陛下、おかえりなしゃい！」

「う、うむ」

あまりに言葉少ない父の態度に、怒っているのだろうか？とレオンティーヌは近寄れない。

見かねたハイメがレオンティーヌの手を繋いで、テオドルスの近くに連れていこうとしたの
だが、テオドルスが椅子を倒す勢いで、焦って立ち上がる。

「なんで、ハイメが手を繋いでいるのだ？」

「はあ？」

ハイメが苛ついた声で顔をしかめる。

「だから、なぜハイメが」

テオドルスが言うのを遮り、ハイメが爆弾を次々に投下しだす。

「それならば、家庭教師のヨリックはいつも抱っこしているぞ」

「なっ、それは本当か？」

「ああ、サミュエルがレオンティーヌ様の頭をナデナデするのは日常茶飯事だ」

「なっなんだと……、私など先日初めて撫でたというのに」

ハイメは鼻をふんと鳴らすと、どこかで聞いた台詞《せりふ》を言いだした。

「子供に会いたいと思う気持ちと時間があるなら、すぐに会うことだ。子供などすぐに大きくなり、大事な時間を逃すことになるんだぞ！」

いさめられたテオドルスは、ようやくレオンティーヌに顔を向け、少し申し訳なさそうに今回の作戦が失敗したと報告する。

「せっかくレオンティーヌが考えてくれた作戦が、ハイメの髪の毛が白色に戻ったことで失敗してしまった」

失敗というのは、テオドルスとハイメコンビが現れたことにより、震え上がった敵は鉄砲水がくる前に一目散に尻尾を巻いて逃げたので、敵の被害はほとんどなかったのだ。

失敗の言い訳に使われたハイメが、反論を開始する。

「私よりもテオドルス陛下のせいです。出てくるのが早すぎてダメだったんだ」

「それは、ハイメ、お前が万が一怪我でもすれば、レオンティーヌが悲しむと焦ったのだ。だいたい、お前の退却が遅かったせいだ！」

もはや、国王と軍務卿というより、お友達の言い合いだ。レオンティーヌはそれを横で見ているだけになった。

「うふふ、テオドリュス陛下もハイメしゃんも仲良しで、無事で、しょれが嬉しい」

笑うレオンティーヌに、お互いばつの悪そうな顔をするが、ハイメが仕切り直してレオンティーヌにお辞儀をする。

「では、邪魔者はこの辺で退散しますので、親子で語らってください。それと今日は陛下も離宮にて夕飯を召し上がってくださいもちろん、レオンティーヌ様と一緒にね」

お茶目にウィンクするハイメ。

残された二人だが、十秒の沈黙後、テオドルスがコホンと咳払《せきばら》いをして、レオンティーヌの前に片膝をついてしゃがむ。

「ただいま、レオンティーヌ。ええっと、……お腹はすいているか？」

テオドルスは照れくさそうではあるが、笑顔で尋ねた。

父はレオンティーヌとの約束を覚えてくれていたのだ。その優しい笑顔がレオンティーヌには何よりも嬉しかった。

「覚えててくれたのでしゅね」

レオンティーヌは父の手を取り、微笑む。

レオンティーヌがそう言うとテオドルスは満足そうに頷く。その顔を見てレオンティーヌは続けた。

「お腹はすいてましゅ。だから一緒にご飯を食べに行きましょう」

「ああ、行こう。それに、お土産のクッキーもあるぞ」

戦いのあとなのに、レオンティーヌとの約束を守るために、わざわざ買ってきてくれたのだと思うと、テオドルスの愛情をさらに強く感じて、胸が熱くなった。

「あ、ありがとうございましゅ……。一緒に食べたいでしゅ！」

大きな父を引っ張る形になって、執務室から出ると、周りの人たちは道を大きく開けて、小さな娘ととろけそうな顔の国王を、誰も彼も驚きの顔で見送ったのだった。

第六章　パンケーキとお誕生日

レオンティーヌはものすごく悩んでいた。どのくらい悩んでいるかといえば、あのレオンティーヌが手に持った本を開くことなく、ぼーっとしているほどである。

さすがに見かねたヨリックが尋ねた。

「レオンティーヌ様、先ほどから目の焦点すら合ってなくて、心ここに在らずって感じですね。どうされたのですか？」

「うーんとね……。あの、おとーしゃまがね、誕生日のプレジェントをくだしゃるしょうで、何が欲しいのか聞かれたの」

それだけ言うと、レオンティーヌはうつむいている。

ヨリックは、レオンティーヌが座っている椅子の横にしゃがんで、顔を覗き込んだ。

「それで、何か欲しいものがなくて悩んでいるのですか？　それとも、ありすぎて一つに絞れない？」

レオンティーヌが首を横に振る。こんな時、ヨリックは決して急がない。じっと答えるのを待ってくれるヨリックに、レオンティーヌは思いきって自分の欲しいものを言う。

「えっとね……。おとーしゃまと一緒に暮らしたいなぁ……なんて思ったの」

思わぬプレゼント内容に、ヨリックも迂闊《うかつ》に返事ができない。

「そうですよね。まだレオンティーヌ様は幼かったんですよね。忘れていましたけど……。一緒に暮らしたいと思って当然です」

（この愛らしい姿を見て、忘れてたとはどういうこと？　ぷんぷん……、って、そういえば中身は大人なのに、なんでこんなにも一緒にいたいとか、寂しいって思っちゃうんだろう？　ハッ！　もしかして心も赤ちゃんになっちゃってるの？）

「ううう」

レオンティーヌが自分自身の変化に戸惑い唸っていると、ヨリックが勝手に泣きそうになっていると勘違いし、焦って返事をしてきた。

「一度、陛下におっしゃってみてはいかがでしょうか？　よいお返事が頂けると思いますが？」

レオンティーヌは、ヨリックの返答に目を輝かせた。

「じぇったい？　じぇったいに大丈夫？」

レオンティーヌはテオドルスに言う前に誰かに「大丈夫だ」と言って、背中を押してほしかったのだ。

だが、ここにきて肝心のヨリックが「絶対とは言いきれませんが……」とまさかの逃げ腰。

うるうるとヨリックに「なんで、じぇったい大丈夫って言ってくれにゃいの？」と訴える。

「いやいや、だってあのテオドルス陛下ですよ？　どんな状況下でも苛烈な判断を辞さないテオドルス陛下ですが、レオンティーヌ様が絡むとヘタレ……コホン。普通以下の判断しかおできになれないでしょう。従ってどんな杞憂《きゆう》な出来事を考えて、お断りになるやもしれません」

首をかしげるレオンティーヌは、自分がどんなふうにテオドルスに思われているか全くわかっていない。

周囲はわかりすぎるほどわかっているのに。

「わかりやすく言いますと、レオンティーヌ様を大事にお思いになりすぎていて、陛下はご自身が近づいてはいけないとお考えなのです」

(ん？ だって、大事な物ほど身近に置いておきたいはずでは？)

それに、最近のテオドルスを見て、レオンティーヌは自分自身が、大事に思われているのは感じている。だからこそ、なぜ近寄らない方がいいと、テオドルスが考えているのか理解できないのだ。

ヨリックの説明に納得できないが、これ以上聞くのはやめた。

「じゃあ、一緒に暮らしたいと言っても聞いてくれにゃいね……」

がっかりするレオンティーヌ。

そのしょんぼりした姿を見て、ヨリックの頭に『！』の感嘆符がついた。

「それです！ レオンティーヌ様の希望は、一〇〇パーセント通りますよ」

顔を上げると、ヨリックがいつもの腹黒い感じの笑みを浮かべ、眼鏡をくいっと上げた。

「じぇったいに、大丈夫？」

「ええ、もちろん。絶対に大丈夫です！」

その言葉を信じて、レオンティーヌはテオドルスのもとに、誕生日のプレゼントの希望を言いに向かったのだった。


執務室の前に行くと、大きな扉がレオンティーヌを拒絶しているように、いつもより威圧的に感じた。だが、ここで尻込みして帰ってはダメになる。

勇気を振り絞ってコンコン。

「レオンティーヌでしゅ。テオドリュス陛下、入ってもいいでしゅか？」

室内から謎のガタゴトの音のあとに、返事はなかったが、テオドルス自ら扉を開けてくれた。

なぜか、見るからに焦っている。

「ど、どうしたのだ？」

レオンティーヌが返事をする前に、部屋の奥から声がする。

「陛下、入り口でお尋ねにならず、まずはレオンティーヌ様と中にお入りください」

優しげな声は、宰相のベルンハルトだった。

「あ？　ああ！　そうだな。さあ、レオンティーヌ、ソファーにかけてくれ。そこの者、レオンティーヌにお茶とお菓子を用意してくれ。それから、ここの椅子は硬いやもしれん、クッションも持ってきてほしい。それと……」

レオンティーヌはこの待遇に恥ずかしくなり遮った。

「もう大丈夫でしゅ。テオドリュス陛下、ありがとうごじゃいましゅ」

「そ、そうか」

「「……」」

二人の会話がピタリと止まる。そこでまず宰相……優秀な協力者A、ベルンハルトが、場を和ませるために自己紹介。

「初めまして、私は宰相をしています、ベルンハルト・コークと申します、以後お見知りおきを」

「ベユンハート宰相しゃま。わたしはレオンティーヌでしゅ。よろしくお願いしましゅ」

レオンティーヌが頭を下げると、そこにいた大人三人が眉を垂れて、口を引き締めている。

（ん？　どういう表情なの？）

レオンティーヌの可愛さに身悶《もだ》えしている三人のうち、一人が先に元に戻った。それは耐性があるヨリックだ。

そして、次は協力者B、ヨリックの出番である。

「今日は、レオンティーヌ様が誕生日に欲しているものを、テオドルス陛下に、じかにお伝えなさるためにやって来た次第です。さあ、レオンティーヌ様？　ご自身の口でおっしゃってください。きっとお願いを叶えてくださいますよ」

テオドルスは、今まではレオンティーヌの欲しがるものがあれば、オルガに用意させていたが、今回は自分が直接聞いてプレゼントを用意できるとあって、意気込んでいるのがはた目にもわかった。

どんな高価なものでも用意しよう。無茶なわがままだって叶えよう。そんな意気込みがテオドルスから感じられる。そして、レオンティーヌの口からどんな言葉が飛び出すのかと、期待に満ちた目で見られ、レオンティーヌは言いだしにくい。

「あの、プレジェントは物ではなくて……。わたしは、テオドリュス陛下と一緒にしゅみたいんでしゅ。これが、わたしののぞみでしゅ！」

言われたテオドルスは、前のめりで聞いていた体ごと、固まっている。レオンティーヌの言葉を考えて理解すると、「いや、しかし」と否定の言葉を吐いてしまった。これはヨリックの想定内の反応だ。

だが、肯定されなかったレオンティーヌの顔が暗く沈む。

その瞬間、ヨリックが攻撃を開始。

「ああ、なんて悲しそうな顔をされて……レオンティーヌ様。ここまでどれほど考えて勇気を出してこられたのでしょう、なのに……」

援軍も追撃開始。

「そうですね。今回プレゼントをあげるとおしゃっておいて、それをなしなさる気ですか？　それはレオンティーヌ様が悲しまれて当然ではございませんか」

テオドルスはここまで言われてようやく、自分の否定の言葉にどれほど娘が傷ついたのか理解したようだ。すっかりしょげているレオンティーヌは、テオドルスを恨めしげに見る。

「ち、違うんだ。私はダメだと言ったわけではない。言い方が悪かった。私の近くで暮らして大丈夫なのかと不安になったのだ」

レオンティーヌが希望に満ちたうるうるお目目で、あたふたしている父を再度見上げる。

「じゃあ、一緒に？」

レオンティーヌは必死だった。

「ああ、一緒に住もう。だが、もし父が嫌になったら離宮に……」

「嫌になりましぇん！」

「そ、そうか」

レオンティーヌの『嫌にならない』という言葉に、感極まってジーンとするテオドルス。

そして、優秀な協力者AとBは、二人で目配せをして頷き合っていたが、優秀な二人でも、このあと、テオドルスが斜め上の行動を起こすなんて、予想できなかったようだ。

数週間後。

「テオドルス陛下、陛下はおかしくなられたのですか？」

頭を抱えて執務室に入ってきたのはベルンハルトだ。テオドルスの住居棟から渡り廊下で続く政務棟の執務室までの廊下がピンクで塗られているからだ。

「ああ。まだ完成していないが。壁には可愛い絵を描こうと思っているのだが、全くよい絵師が見つからぬのだ」

崩れ落ちるベルンハルトに追い討ちをかけるテオドルス。

「現在、住居棟も改装しようとしているのだが、子供はすべり台が好きらしいからな」

「は？　すべり台？」

頭をかきむしるベルンハルトは、救世主を思い出し手を止めた。

これ以上、「親バカ」という汚染が王宮全体に広がらぬよう、テオドルスの愚行を止めなければならない、とフラリと立ち上がり、ベルンハルトが無我夢中で向かった先は、離宮のレオンティーヌのもとである。


その時はちょうど、ヨリックとレオンティーヌは授業中だったが、駆け込んできたベルンハルトとすぐに話をすることができた。

「授業の途中ですまない、緊急事態なのだ！」

この国の宰相が青い顔してそんなことを言えば、よほどの事件が起こったのだと身構えるのは当然である。

二人はどんな重大なことが起こったのかと、ベルンハルトの言葉の続きを待っていた。

だが、出てきたのは「王宮がピンクになってしまう」だった。

数秒ポカーンとする二人。

「「……どういうこと？」」

まさに意味不明である。


話を聞き終わった二人は、口をあんぐり開けたまま声も出ない。

まさか、あの陛下がレオンティーヌと一緒に住むというだけで、大規模な遊園地改築や、王宮の建物をド派手に塗ろうと考えているなんて、想像もつかない。

レオンティーヌは立ち上がり、「今からおとーしゃまのところに行きます」と言うやトテテと走りだした。

だが、すぐに息切れ。うるうるとした目でチラリとヨリックを見た。

「今は緊急事態なので、仕方ありませんね。では！」と言ってヨリックはレオンティーヌを抱っこして急いだ。

ヨリックに抱っこしてもらって大正解である。レオンティーヌが必死に走ったところでまだ十分の一も走っておらず、距離は残っていたはずだったが、あっという間にテオドルスの執務室に着いた。

一刻も早くテオドルスの暴走を止めなくてはと、扉の前で下ろしてもらい、ノックした。

「レオンティーヌでしゅ。今日は……」

そこまで話したところで、部屋の中からドタバタと聞こえ、再び自動ドアのように開かれた。

「レオンティーヌ、どうしたのだ？　他にも何か欲しいものでもできたのか？」

今回は部屋の外から、ベルンハルトが一言。

「陛下、毎度のことですが、ここでお聞きにならず、レオンティーヌ様をお部屋の中へ……」

「ああ、そうだった」

テオドルスはいつものようにいそいそレオンティーヌに、ソファーを勧めた。

促された椅子に座ると、すぐにレオンティーヌは本題に入る。

「あの、ここに来る途中で見ましたが、廊下がピンクで驚きました。それで、あの……とても申し訳にゃいのでしゅが、ピンクに塗るのは中止にしてほしいのでしゅ！」

薄いピンクならまだしも、テオドルスが選んだ色は、目がチカチカするド派手なローズピンクだ。いくらなんでも、あの色で生活するなんて目が疲れる。

「そ、そうか……あの色は嫌いだったか」

肩を落としてシュンとするテオドルスを見て、罪悪感にかられるが、政務棟でお仕事する人々の目の疲れや、精神を考えれば、ここで情に流されてしまって、このままローズピンクを、べたべたと塗りたくられるわけにはいかないのだ。

「じゃあ、すべり台も部屋には、いらないのか？」

『必要ない』と言うつもりだったが、がっかりするテオドルスに言いだしにくくなった。しかし、部屋の中にすべり台を想像すると、やはり邪魔でしかない。何か他にいい遊具は……と考える。ジャングルジム、シーソー、ブランコ……！

「わたし、すべり台よりもブランコが欲しいでしゅ！」

「おお、ブランコか！　よし、わかった。すぐに手配しよう」

嬉しそうなテオドルスにレオンティーヌは、追加のお願いをして、さらにテオドルスを喜ばせる。

「テオドリュス陛下も一緒に乗れるブランコがいいなぁ」

テオドルスが何も言わなくなったので、欲張りすぎたかとレオンティーヌは焦ったが、どうやら違ったようだ。

「……それは、とてもいい提案だ。うむ、ぜひそうしよう！」

そうしてできあがったブランコは、レオンティーヌが思っていた木の板の簡易的なブランコではなく、背もたれと座席部分までふっかふかなソファー型の豪華すぎるブランコだった。

テオドルスは、仕事中もそわそわしていた。

今日はレオンティーヌが離宮から引っ越してくる日なのだ。仕事が終わり急いで帰ると、嬉しい出迎えを受けた。

「テオドリュス陛下、おかえりなしゃい」

「扉を開けると天使がいた……。ハッ。ただいま」

疲れた体が一瞬にして癒やされた。これほどに嬉しい出迎えを受けたのは、妻がいた時以来である。

しかもレオンティーヌは一緒にご飯を食べたいと、遅くまで夕食を待っていてくれたというのだ。

二人で食べる食事が楽しくて、いつもよりもおいしくて、つい食べすぎてしまった。

食後、入浴をすませ、テオドルスがベッドで横になっていると、雨が降ってきた。だんだんと激しくなる雨音と一緒に雷まで鳴りだす。

明日の朝までにやんでほしいな。降り続いたらレオンティーヌの可愛いお散歩が見られなくなってしまうと、ピカッと稲光のする空を見上げていた。

その時、小さくノックする音が聞こえて返事をすると、大きな枕を抱えたレオンティーヌがもじもじしながら入ってきた。

「ど、どうしたのだ？　もしかしてベッドが気に入らなかったのか？」

ふるふると横に頭を振るレオンティーヌは、小さな声で「かみなりしゃんがこわいの」と言い、ぎゅっと枕を抱く腕に力を入れた。

「雷が？」

テオドルスの発想に、雷を怖がるというものがなかったために、雷を止めることもできないし……と困っていたら、再びピカッと激しく光り、すぐ近くに落ちたのか、二秒後にドドドーンと大きな音が鳴った。

「にゃあああ」

半べそで、レオンティーヌがテオドルスのベッドに潜り込んできた。

そこでやっと、自分がどうするべきかわかったテオドルスは、ベッドの上に座るとレオンティーヌを抱っこした。

「私がそばにいる。だから何も怖いことはないだろう？　それに、雷も私には勝てない！」

その言葉にレオンティーヌは笑う。

「うふふ、雷しゃんにも勝てるなんてしゅごいでしゅ……さしゅがでしゅ、おとーしゃま……」

「え？　今なんて言った？」

初めてレオンティーヌから『お父様』と言われたと思い、聞き直したが、安心しきったレオンティーヌは、すっかりテオドルスの腕の中で眠っていた。

「『おとーしゃま』と言ったよな？　聞き違いではないよな？」

眠っている我が子を見ると、強い想いが込み上げてくるのを感じた。

今まで感じたことのない感情だ。愛しているという感情とはちょっと違う。『愛おしい』、まさにこれがぴったり当てはまる感情である。

「そうか、これが我が子に感じる特別な感情か。見返りを期待することなく、この子に愛情を注ぎ、常に味方でいたくなる。不思議な感情なのだな……しかし、悪くない……」

自分の腕の中で安心しきっているレオンティーヌを見ると、幸せで、でも怖くなる気持ちが交互にくるのを感じつつ、じっと見飽きることない寝顔を堪能するのだった。


次の日、ベルンハルトはレオンティーヌの誕生日のパーティーをどうするのか、テオドルスの執務室に確認に来た。しかし、いつもいるはずのテオドルスが、執務室にいないことを不思議に思い、そばの侍従に尋ねる。

「テオドルス陛下は、どちらに？」

「今日は、こちらにいらっしゃる前に、医務室にお寄りになると伺っております」

ベルンハルトは、テオドルスが医務室に行くという事態に驚く。

ここ何年も、テオドルスが体の調子を崩したことはない。それなのに、王宮医師を自室に呼ばず、わざわざ政務棟に来てから、医務室に行くとは、どうしたことだ、と急ぎ医務室へ向かった。

医務室では、腕を中心に、治癒魔法を受けているテオドルスがいた。

「いったいどうなさったのですか？」

ベルンハルトの問いに恥ずかしそうにしながらも、どこか嬉しそうなテオドルス。

「いや、昨晩は雷がひどかっただろう？　そのため、レオンティーヌが怖がってしまってな。だから、怖くないようにと抱っこをしたんだ。そうしたら、そのままレオンティーヌが眠ってしまったのだよ」

察したベルンハルトは、そばにあった椅子に腰掛け「それで？」と話の続きを促す。

テオドルスがあまりにも聞いてほしそうだったから、仕方なく、である。

「せっかく可愛い寝顔ですやすやと寝ているのに、起こせないだろう？　だから朝まで抱っこをしていたら、腕と肩と背中がガチガチに固まってしまったのだよ」

テオドルスにとって、体はつらいが、幸せな痛みなのだ。ベルンハルトは何か言いたげだったが、それをのみ込み、テオドルスに簡単なアドバイスを送る。

「一度眠ってしまった子供は、そっと置けばそのまま寝ていますよ」

「そうなのか？　知らなかった」

テオドルスは昨晩、一睡もせずに目の下に隈をつくっているにもかかわらず、「そっと置けばいいのか」と、新しい発見に喜ぶ。そんな彼を見ていると、ベルンハルトまで嬉しくなったのか、自然と頬が緩んでいた。

テオドルス自身、今までは顔の表情筋など怒った時にしか動かしてはいないと、自覚していた。それ以外は、眉間にシワを寄せているかである。

しかし、最近はよく微笑んでいるのだ。その変化は、ベルンハルトにも気がつかれていて、『ここ最近、陛下の色々な表情を拝見することができて、安心しております』と言われたところだ。

せっかくベルンハルトを安心させたところだったが、再びテオドルスの寝不足が原因で心配されるとは、この時は思ってもみなかった。


その夜、テオドルスは雨が降るのを待っていたが、今夜は月が見事に輝いている。

さすがに今日は無理かと思っていたら、小さくノックが。

そして、昨日と同じように大きな枕を抱えたレオンティーヌが入ってきて、今日は何も言わず、ごそごそとテオドルスのベッドに潜り込んだ。

「えっと、今日もここで寝るのか？」

「はい、しゃみしいからここで寝ましゅ」

「そ、そうか……」

雨が降っても、降らなくても一緒に眠れることに、テオドルスは幸せを噛みしめていた。

すると、ごそごそとレオンティーヌがパジャマの袖をまくり上げ始めた。何をしているのかと見ていたら、嬉しそうに美しい色がついた王紋をテオドルスに向ける。

テオドルスは、レオンティーヌの王紋の変化について、報告を受けていたが確認したのは今日が初めてだった。なので、テオドルスの記憶にあるレオンティーヌの王紋は、薄くて見えにくいままなのだったが、今、目の前の王紋は、はっきりと色づき、美しい紋様が確認できる。

「レオンティーヌ、よく頑張った。これまで人々のために努力してきたことが、報われたのだな。本当に頑張ったな」

レオンティーヌを褒めたくて、テオドルスの口からつい方便が出てしまう。

「えっと、頑張りとかじゃにゃいとおもいましゅ。きっとこれは……」

テオドルスはレオンティーヌの言葉を遮る。

「何を言うのだ。レオンティーヌがどれほど頑張っていたのか私は知っているぞ。色々なことを解決し、挑戦し、人助けもしてきた」

熱く語るテオドルスの言葉を、レオンティーヌは嬉しそうに聞いていた。しかし、しばらくするとレオンティーヌがぴったりとくっついてくる。そして、目をこすりながら挨拶をした。

「おやしゅみなしゃい……」

言うとすぐに安心した様子で、寝てしまった。

テオドルスはすぐに眠るのももったいなく感じ、可愛い我が子と会話した内容を思い返していた。

「そういえば、今日は『おとうしゃま』はなしだったか……」

今朝起きた時、レオンティーヌはいつもの『テオドリュス陛下』呼びに戻っていた。なので、今夜もと期待したが、その前に眠ってしまった。

残念ではあるが、小さな温《ぬく》もりを感じながら、妻と同じ色の柔らかな髪の毛を撫でる。次に手を確かめると驚くほど小さい。これほど小さいのに、なんと爪もちゃんとあるのか！と当たり前のことに驚いていた。

テオドルスはそろそろ寝るか……と思ったが、レオンティーヌを、自分が寝返りをして押しつぶしてしまうのではという恐怖が起こり、どうしても眠れなくなってしまった。

「可愛い我が子を押しつぶすくらいなら、徹夜しよう」

この日を境にテオドルスの目の下には、くっきりはっきりとした徹夜の跡が残るのだった。

◇□　◇□

レオンティーヌにとって自分の誕生日は、オルガやいつもの身近な人を集めて祝ってもらうものだと思っていた。

だが今年は、かなり大がかりなパーティーになるようだ。

庶民の間でも、三歳のお祝いは派手にするものらしい。

これは日本でいう七五三的なものなのかもと思い、レオンティーヌは風習について調べてみる。

　そして、自分の考えていた誕生日パーティーと、全く違うことに愕然とした。

（いつもよりもちょっと多い品数のおかずに、ホールケーキの上の三本のろうそくをふっと消す……それと違うの？　この『王族の伝統としきたり』という本に描かれた王女三歳のパーティーってもう、首脳会議のあとの晩餐会《ばんさんかい》レベルじゃない！）

　あまりのショックに、大事な本を手から落としてしまう。

　このスキルのよくないところは、知りたくもない先を勝手に読んでしまうところだ。

　今まさに読んでいた本から、勝手に頭の中に入ってきた絵というのが、大勢の人が王女に一人一人ひざまずいて挨拶をしている場面だ。

「あんなの、したくにゃいよ」

　レオンティーヌがしたくなくても、これは長年の行事なので、きっと避けられない。

　そういえば、オルガが「うんと可愛いドレスをお作りしますね」と言っていたのは、このことだったのか。

　だから、皆が大忙しなのか、とようやく自分以外の人が、バタバタしていた理由に気がついた。

　その準備とかで忙しいのか、最近のテオドルスは、レオンティーヌから見ても疲れているのがわかった。

目の下の隈は紫を通り越して真っ黒である。

レオンティーヌは、なんとかテオドルスを元気にしたかったが、自分のできることを考えると実に少ない。

「しょうだ！　パンケーキをちゅくろう！」

レオンティーヌが調理場に行くと、白を基調とした広いキッチン内を、十人のシェフが忙しそうに働いていた。

「ありゃ、忙ししょう」

昼食が終わったあとだから、きっと今は時間があると思って来てみたが、全く見当外れであった。

「レオンティーヌ様、どうしてここに？　もしかして、お腹がすきましたか？」

レオンティーヌに声をかけてくれたのは、離宮からずっとレオンティーヌの料理を作ってくれていたハンネスだった。

知り合いに会って安心していると、ハンネスがいきなり厨房《ちゅうぼう》の皆に、大声で話しだしたのだ。

「皆、ちょっと手を止めてくれ！　知っている者もいるかと思うが、ここにいらっしゃるのは、レオンティーヌ王女様だ。まずはご挨拶を！」

（ちょっとハンネス？　ここのみんなの手を止めて大丈夫なの？　あとであなたが怒られたりしませんか？）

ドギマギしているレオンティーヌをよそに、若いシェフが恭しく挨拶をする。

「我々はここで王女様をはじめ、皆様の料理を作っています。戻ってきた料理長と一丸となって、おいしい料理をお出しできるよう、努力を惜しまない所存です。どうぞ、よろしくお願いします」

そう言うと他の者も一斉に頭を下げる。

戻ってきた料理長？　と頭をかしげているとハンネスが教えてくれた。

その昔、レオンティーヌが離乳食を食べられるようになったと聞いたテオドルスは、自分の調理場のトップであるハンネス料理長ともう一人を、離宮のレオンティーヌの専属シェフとして送り込んだというのだ。

レオンティーヌは頭が痛くなった。

（王宮一といえばつまり、国内一の料理人なんですよ！　その料理長に離乳食を作らせるなんて……、くうう、ハンネスさん、申し訳ない）

心の中で深く謝罪していると、誰も動かずレオンティーヌを見ていることに気がついた。

全員、レオンティーヌがいることで動けないのかもしれない。慌てて言葉をかけた。

「こちらこしょ、よろしくお願いしましゅ。お忙しいところお邪魔してしゅみましぇん。あの、パンケーキをちゅくりたいなと思って、来たのでしゅが、またにしましゅ」

「パンケーキ……？」

ハンネスが腕組みをして、じっとレオンティーヌを見る。

「レオンティーヌ様。今、おっしゃったパンケーキとはどのような食べ物ですか？」

その言葉に衝撃を受けた。が、すぐに考え直す。

「パンケーキの他に、ホットケーキとも言いましゅが」

「うーん、聞いたことがないですね」

なんと、この世界にはロールパンはあるのに、パンケーキはないのか？　しかもあれほどおいしい料理を作るハンネスが知らないとは！　これはぜひ作ってテオドルス陛下にも食べてもらわねば、とテンションが上がった。

「こんな丸ーい形で、小麦粉とベーキングパウダーと、それとね、砂糖と卵と牛乳でできるお菓子でしゅ！」

材料を聞いて乗り気になったハンネスが、約三十センチの細長い緑色のひょうたんを持ってきた。

「えっと、それはなんでしゅか？」

さっきレオンティーヌが言った材料の中には、そんな不思議な物体は入っていないはずだ。なぜハンネスが緑色のひょうたんを持ってきたかわからず、レオンティーヌは首をかしげた。

すると、ハンネスから意外すぎる答えが返ってきた。

「さっき、卵とおっしゃったから持ってきたのですが？」

「こ……これが、卵？」

ハンネスいわく、卵が必要な時は、比較的おとなしい鳥類魔獣の卵を取ってくるか、栽培している卵の木になるこのひょうたん型の中身を使うかのどちらからしい。魔獣の卵は濃厚でおいしいが危険が伴うので、普通は卵の木に実った、手に入りやすいこのひょうたんを使うのが一般的だそうだ。その説明を受けたあと、以前見た植物図鑑の挿絵が頭に浮かんだ。そういえば、一本の木の幹から直接ひょうたんがなっている、不思議な木の挿絵があり、その下に、『ウフセムク』という名前と、卵の木という説明書きがあったことを思い出した。

レオンティーヌが思い返していると、ハンネスがひょうたんの一番上部をナイフで切って下に向けた。すると、プルプルと十個分の黄身が出てきて、そのあとに、白身の液体も流れ出た。

「まだまだ、知らにゃいことがいっぱいでしゅ」

レオンティーヌは前世との違いを思い知らされ、腕を組んで唸るのだった。

その後、レオンティーヌは、あらかたハンネスの手を借りてパンケーキを作った。そして、できあがったふんわりパンケーキを、皆で試食。

うむうむ、メープルシロップとバターのハーモニーがたまらない。

他のシェフたちにも好評だった。

「三時のおやちゅの時間に、もう一度ちゅくっておとーしゃまに持っていきたいの。ハンネスしゃん、手ちゅだってくれましゅか？」

レオンティーヌが頼むと、ハンネスは快く引き受けてくれる。

「ありがとうごじゃいましゅ」とお礼を言ってから周囲を見回し、目が点になる。

「ここのキッチンはしゅごく広いでしゅね」

広すぎるキッチンをキョロキョロしていると、若いシェフが胸を張って教えてくれた。

「国賓晩餐会が開かれると、ここには四十人のシェフが集まって料理を作るんですよ。近々その予定があるので、その時にお出しする料理を皆で考えていたのですよ」

「へー、しょんな晩しゃん会があるのでしゅか……」

他人事のように聞いていたレオンティーヌは、今朝、本で見た誕生日会の絵画を思い出した。

途端に嫌な汗が噴き出す。

「ももも、もしかして……わたしのお誕生日会だったりしゅるのでしょうか？」

「ええ、もちろんですよ！　ですから、レオンティーヌ様が召し上がりたいものがあったら、ぜひおっしゃってくださいね」

（ああ、やっぱりかー！　お誕生日くらいで要人が来るなんて、全然楽しくないです！）

三本のろうそくをふーって消すんだぁって思っていたのに、気がすっかり滅入ってしまう。

しかし、皆が私の誕生日を、これだけ一生懸命に祝ってくれようとしているのだ。

その私自身が、やる気をなくしてどうする！　と、沈んだ気持ちを鼓舞したところで、ちょうどハンネスの前に置いてあった、一冊のノートが目に入った。

ハンネスの名前が書かれたノートが、気になって見ていると、「これが気になりますか？」と開いてくれた。シェフの中に魔力を持っている人がいたら、スキルがバレてしまうとレオンティーヌは焦った。その一方であっという間に文字が金色に光り、糸状になるとレオンティーヌの体に吸い込まれてしまう。しかし、誰も驚いている様子はなく、レオンティーヌは胸を撫で下ろした。

さっそく、インプットされた情報を確認すると、そこには要人の好き嫌い、アレルギーと給仕長との連携の仕方も詳しく書いてある。

しかし、その中で気になることがあったので、少しハンネスに尋ねた。

「あの、ホムス国のことなんだけどね、この国って年に一日だけ肉類魚介類を食べにゃい日がありゅの。それがちょうど晩餐会の日に当たりましゅ」

「えええ！　本当ですか？」

ビックリするのも無理はない。本来ならばそのような詳細は、訪問前の代表団が教えてくれるはずなのだ。

だが、今回この代表団の到着が遅れているらしい。

それを聞いた他のシェフも、頭を抱えだした。

他の国でも、鶏肉を食べないところや、豚肉はいっさい食さないとかはあるが、すべての肉や魚介類までも食べないというのは、今までになかったので、お手上げ状態という。

「メイン料理は肉料理と決まっているので、それ以外で野菜だけとなりますと、その国の皆さんにお出しする料理だけ見映えが、貧弱になってしまいますね」

若いシェフが野菜を手に取り、必死で新しい料理を考えているが、全く思いつかない様子。

うーんとレオンティーヌも前世を思い出してみる。

ああ、そういえば料理って苦手だったな。えーと私が食べていたもので何かヒントになるものを、と考えるが不摂生な生活から思い当たる料理なんて、カップラーメンやカップ焼きそば、赤いカップに緑のカップ……。

（お湯を注いで終わりってくらいのしか出てこないわ！）

しょぼんと肩を落とすと、さっきのパンケーキの残りが見えた。

「……小麦粉と卵かぁ……ふおおおお！」

レオンティーヌの声にビクッとするシェフ一同に、フフフと不敵な、いや可愛い笑みを見せた。

「レオンティーヌ様、どうされました？」

「ふふふ、天ぷらがありましゅよ！」

「てんぷ？」

ハンネスと他のシェフが戸惑っているが、この世界に天ぷらがないということを知らず、いい案でしょ?と自慢げなレオンティーヌ。

だが、あまりに皆が首をかしげているので、レオンティーヌ自身が、え?と不安になる。

「も、もしかして、天ぷらってちゅくったことはにゃいでしゅか?」

皆がこくこくと頷く。

「終わった……」

前世で作った天ぷらは、時間が経ったら、べちょっとなっておいしくなかったのだ。見た目も悪かった。あの低いクオリティーでは要人に出せない。

諦めよう……と、顔を上げるとこの世界の一流シェフたちが、レオンティーヌを心配げに覗いている。

そうだ、自分一人ではべちょっとなるが、この人たちに相談すれば、さくさくの天ぷらができるはず。

「わたしには、天ぷらをちゅくる知識がありましゅが、おいしくちゅくれましぇん。だから、手を貸してくだしゃい」

「ええ、レオンティーヌ様のなさろうとしていることを教えていただければ、全力でお応えしますよ」

さすが、国を代表するシェフの中のシェフだ。貫禄と重みが違う。

ハンネスに手伝ってもらって、まずはレオンティーヌのつたない知識で、簡単に天ぷらを作ってみた。

まずは自己流で、適当に小麦粉、お水、卵を入れ、ぐちゃぐちゃと混ぜて、野菜に衣をくぐらせて油で揚げる。

できたものを皆で食べると……。

「野菜をこのように食べるなんて、他の国でも聞いたことがないんじゃないか？」

「『天ぷら』か。たしかに初めて見る料理方法だ……。しかも油で揚げているのに、野菜の本来の味が損なわれるどころか、引き立っている」

皆、口々に褒めていた。だが、ここまでだった。料理に関する知識不足と経験不足が如実に出てしまう。

「これは、おいしいが、少し油っぽいな」

「うん、野菜がこれほどおいしくなるなんて！　残念なのは時間が経つと味が落ちるところだ」

おおむね高評価だったのだが、数分後には、しなしなのべちゃべちゃてんぷらに変身していた。

「わたしのレシピでは、こんな残念な天ぷらになりましゅが、本来の天ぷらは時間が経ってもさくさくなんでしゅ……。なんとかなりましぇんか？　おいしい天ぷらが食べたいでしゅ」

『おいしいのが食べたい』ということの言葉にシェフたちは燃えた。

「ははは、レオンティーヌ様。ここからは私たちの仕事だ。少しだけ時間をください」

ハンネスが皆に発破をかける。

「いいか、私たちに妥協はない。レオンティーヌ様が求める味を追求するぞ。いつまでも続くさくさくの衣作りだ！」

「おおー！」

一斉に持ち場に戻り、料理を始めた。一人は野菜を洗い、一人は皮をむく。

そして、ハンネスは小麦粉をふるいにかけている。

「ハンネスしゃん、小麦粉をふるいにかけるんでしゅか？」

「そうだね、だまにならないようにするんです。混ぜすぎると衣が重くなりますから。水も冷水にして粘り気が出ないようにして、あと、でん粉も入れてみるか……。まず考えられることを全部試してみますね」

手際よく、今度は油の温度も調整してまずは衣にくぐらせた茄子《なす》そっくりのレナスを揚げる。

そして、「さあ、どうぞ」と揚げたてのレナスの天ぷらを目の前に出してくれた。

さくさく、ふわふわ。

「ふおおお！　今まで食べた天ぷらのナンバーワンが、ハンネスしゃんの天ぷらに入れ替わりまちた！」

「で、それをどこで食べたのです？」

も言えない。
が作ったものなんて食べたことがないはずなのだ。『前世で食べました！』など、口が裂けて
　しまった。今までレオンティーヌとして食べた料理はすべてハンネスの料理で、他の料理人

「ふお？」

も言えない。


「ほ、ほほ本で読んで、食べた気になっていまちた」

　じぃーっとハンネスが見ている。非常にまずい！　こんなで騙されてくれないかな？と冷や汗もので祈っていたら、ハンネスが追及を諦めた。

「まあ、いいでしょう。レオンティーヌ様がお口にされるすべての食事は、これからも私が作りますので、食べたい料理があったら、迷うことなく私にお申しつけくださいね」

　ほっとすると、レオンティーヌは次々と自分の要求を言いだした。

「かぼちゃ……じゃなかった、クワボッチも天ぷらに合うよ」

　その他にも椎茸《しいたけ》やさつまいも、ししとうに似た野菜があったので次々揚げてもらった。大好きな蓮根《れんこん》がなかったのは残念だ。

　今回の晩餐会には出せないが海老《えび》に似た、エピーネも揚げてもらい、大満足。

　ここでハンネスが思い出す。

「そろそろ三時ですよ。テオドルス陛下にパンケーキを焼いて持っていかれるのでは？」

「ああ、しょうだった」

慌てて用意をして、ハンネスに手伝ってもらいながらも、なんとかパンケーキを焼くことができた。

「おとーしゃま、喜んでくれるかな？」

「ええ、きっとお喜びになりますよ」

ハンネスは給仕長を呼び、テオドルスの執務室までレオンティーヌと一緒に、パンケーキを運ぶように手配してくれた。

そして、いつものように執務室をノックする。

「あの、レオン……」

「ああ、よく来たね。どうしたのだ？」

うぅむ、ノックから扉が開くまでの時間がどんどん短くなっている。どこかにレオンティーヌセンサーがついているのか？と思ってしまう速さだ。

「テオドリュス陛下がおちゅかれのようだったので、甘いものを食べて元気を出してもらおうと、料理長のハンネスしゃんとパンケーキをちゅくってきまちた」

「わ、私のためにか……？」

いつの間にかテーブルの上にセットされているパンケーキと紅茶。

さすが、給仕長だ。

レオンティーヌはテオドルスの前に座る。しかし、パンケーキを前に、テオドルスは眺めているだけで手をつけない。

食べないのは、毒味係がいないからなのか、と勝手に勘違いしたレオンティーヌは、自分が少し切って食べてみせた。

そして、「テオドリュス陛下、大丈夫でしゅ。はい、どーじょ」と今度は大きめに切ってフォークを差し出した。

すると、テオドルスは左のベルンハルトを見て、右の給仕長を見てからポリポリと頭をかいて、レオンティーヌをもう一度見てから、フォークのパンケーキを、そのまま食べた。

テオドルスのその動作の意味を、考えてもいないレオンティーヌは、単純に喜んでいる。

「おいしいでしゅか?」

恥ずかしそうにしながらも、嬉しそうに答えるテオドルス。

「ああ、すごくおいしいな。これはレオンティーヌが考えたのか?」

「はい、でもちゅくったのはハンネス料理長でしゅ」

「そうか、ありがとう。疲れも吹き飛ぶよ。ところで、レオンティーヌは食べないのか?」

ギクッとなる。天ぷらの食べすぎでお腹いっぱいだなんて、どれほど卑しく食べたのかと思われそうで、ごまかした。

「先ほど味見しながら食べたので、大丈夫でしゅ」と言ったところ、テオドルスの顔がちょっと寂しそうになる。しかし、何かを思いついて顔が晴れやかに。

「そうだ、これからは昼食も一緒に食べることにしよう」

このテオドルスの意見に、猛烈に反対する者がいた。ベルンハルトだ。

「異議あり‼　私は現在、毎朝出勤が大幅に遅れている陛下をお迎えに行っているのです。それがさらに昼食もですか？　絶対にダメだ」

レオンティーヌは、最近の朝のルーティンを思い起こす。確かに、毎朝ベルンハルトの疲れた顔を見ていたのだ。なぜ、毎朝ベルンハルトの疲れた顔を見ることになっていたのか、もうちょっとだけ、朝の風景を思い出してみると……。

玄関ホールまでテオドルスをいってらっしゃいとお見送りするが、テオドルスがじっと見たままで、なかなか出発しない。

そのうちベルンハルトが迎えに来て、テオドルスを引っ張っていくのが最近の定番である。

「絶対にダメだ」「いいや、レオンティーヌと昼食もとる」と言い合う二人を横目に、給仕長がパンケーキの皿を片づけていた。

「では、レオンティーヌ様は一度調理場に戻りましょう」と大人の醜い姿から遠ざけるために、幼いレオンティーヌを連れてさっさと部屋を出たのだった。

調理場に戻ると、レオンティーヌはテオドルスがおいしいと言って、全部食べてくれたことを報告。

ハンネスも初めての料理だったので、安堵した表情になっていた。

ここで、レオンティーヌは懐かしい香りに気がつき、鼻をくんくん。

「この香りは？」と尋ねると「これはソイユですね」と見せてくれた。それが、なんと醤油《しょうゆ》だった。

「最近国交を結んだトゥーラン国の、伝統的な調味料を頂いたのですが、この独特な香りと味付けで、何を作ればいいのか思案しているのです」

ハンネスが困った顔をしている。

「ハンネスしゃん、ちゅくってほしいものができまちた！　さっきはお塩で天ぷらを食べまちたが、天つゆをちゅくってほしいでしゅ。それに他にもいっぱい食べたいものができまちたよ！」

レオンティーヌの口から語られた料理は、今までハンネスや他のシェフが知らないものばかりで、気がつくとレオンティーヌは皆に囲まれていた。

肉じゃが、すき焼き、ぶり大根。他にソイユは使わないが豚カツなど、レシピを書き出した。するとなんてことでしょう！　つたない説明でも、一流と呼ばれる人たちの再現力！　前世で自分が作った料理のクオリティーのはるか上空を超えていったのだ。

「レオンティーヌ様、たくさんの新しい料理に出会えて、創作意欲が湧きましたよ」

シェフたちは興奮気味である。これほどの達人の手にかかれば、前世で何度も作ろうと思っては挫折した、あの料理も作ってもらえるのでは?と考えた。

「あの、ハンネスしゃん。面倒な料理を一つ、お願いしてもいいでしょうか?」

しおらしく頼むレオンティーヌに、快く引き受けてくれるハンネス。

その料理とは、豚の角煮。料理下手&面倒くさがりには、難攻不落の料理だ。

しかし、なんとハンネスたちは、魔法圧力釜なる道具であっという間に作ってくれた。

「どうですか?」

「とろっとろでおいしい! 柔らかくて最高でしゅ……でも、もう動けにゃい」

食べ終わったレオンティーヌは気がついた。食べすぎで一歩も動けないことに。

「レオンティーヌ様、私がお送りしますね」とハンネスは、コック帽とエプロンを外して抱っこしてくれた。

お腹いっぱいで、ゆらゆら抱っこは眠気を誘う。目をしょぼしょぼさせているとハンネスが「寝てもいいですよ」と微笑む。そんな優しい言葉をかけられたなら、睡魔に抗う気持ちはどんどん減っていく。

「でも、いっぱいご飯ちゅくってもらって、運んでもらって……悪いでしゅ……」

悪いと言いながら、眠気には勝てず、すやすや。

「お昼寝の時間が過ぎていましたね」

ハンネスの靴音と、レオンティーヌの寝息がかすかに聞こえる。

ハンネスは寝入ったレオンティーヌを見ながら二年半前を思い出していた。

その当時、国王は難しい顔で食事をするだけで、おいしそうな顔をするでもない、ましてや、『おいしかった』なんて言葉が出るはずもない。そんな状況で食事を作っても、作り甲斐もなく、辞職を考えていた。そんな時に赤ちゃんの離乳食を作れと言われ、本当に辞めようと決意を固めたところだった。

しかし、ハンネスが作った離乳食を、レオンティーヌが食べているのを見たことで、考えが変わったのだ。


「私が作ったものを、小さなお口で一生懸命に召し上がるレオンティーヌ様の姿に、とても感動しました。食事の原点を思い出したのですよ。それから、おしゃべりできるようになったレオンティーヌ様が、毎回『おいしかった』と伝えに来てくださるようになってからは、もっともっと体によくておいしいものをと、毎日料理を作る素晴らしさを思い出していました。あなたと一緒に私も料理人として成長しましたね」

「ハンネ……明日も……ちゅくってね……」

レオンティーヌの寝言に驚いたが、明日もレオンティーヌの喜ぶ料理を作ろうと、ソイユを使った料理を思いついたハンネスであった。

◇□　◇□

お誕生日会というには、あまりにも盛大だった。

謁見広間で各国の要人や他国の王が次々に、レオンティーヌに挨拶するのだ。

といっても本当は、レオンティーヌの後ろにいるテオドルスに挨拶をしているのだが、誰もがレオンティーヌのためにと、プレゼントを渡す。

本当に幼児へのプレゼントなのかと言いたくなるほど、その内容が渋い。交易品のような物が多いのは、テオドルスに見せて王宮内か王都で流通させたい思惑しか見えない。

(三歳のお子ちゃまに、魚の干物ってどういうこと？　それを堂々と差し出す神経がすごいわ)

目録を読み上げる他国の役人と目が合ったが、すまなそうな顔で逸らされた。

でも、笑顔で「ありがとうございましゅ」と言うしかない。

このお誕生日会のために大勢の人が動いてくれたのだ。ここはこの余興のような長い時間を立ったままグッと我慢した。

なので、最後の使者の挨拶が終わった時、倒れるように椅子に座り込んだのは仕方ないことだろう。

その後の晩餐会だ。会場にはレオンティーヌより少し大きい子供たちも招待されていた。

その子たちには、レオンティーヌ直伝の唐揚げやハンバーグのチーズがけなど、ハンネス渾《こん》身《しん》のお子様ランチが出され、皆、目を輝かせて食べている。

大人たちは他の料理を食べていたが、子供の唐揚げに興味津々で、つい、我が子のおかずを一個もらう親もいたほどだ。

そして、ホムス国の要人の前に出された天ぷらに、他のお客様の目が光った。

比較的新しい友好国も、この新しい料理でのおもてなしにいたく感謝しているようだ。

「この料理は素晴らしい。肉や魚介類が食べられない日なので、料理を期待しては悪いと思っていたが、次に肉が食べられる日に来ても、ぜひこれを食べさせてほしい」と懇願するほど。

とまあ、このように晩餐会はハンネスをはじめシェフたちの頑張りで、大成功だった。

レオンティーヌは鼻高々だ。自慢の料理長が、近隣国で一番すごい料理人だと褒めそやされているのだから。

だが、あまりにも評価が高いと、だんだんと不安になってくるレオンティーヌだった。

晩餐会も無事に終わり、まだ後片付け真っ最中の調理場に、着飾ったままでレオンティーヌが駆け込み、ハンネスたちを慌てさせた。

「レオンティーヌ様のお好みに合わない料理がございましたか？」

レオンティーヌは首を振る。

「では、どうされました？」

困っているハンネスの、エプロンの裾をぐっと握るレオンティーヌが、口をへの字にしながら話す。

「みんながここの料理はおいしいって言うの」

「ありがたいことです」

「しょしたら、みんなが自分の国に、ここの料理長をちゅれて帰りたいって言いだしたの。ハンネスしゃんはどこにも行かにゃい？　じゅっとここにいるでしょ？」

泣きそうなレオンティーヌをハンネスが抱きしめた。

「不敬ながら、私はレオンティーヌ様を我が子のように大切に思っています。これからもずっとレオンティーヌ様の料理を作り続けますし、レオンティーヌ様が二十歳におなりになった時のお祝いのお料理も、もちろんこの私が仕切って作りますよ」

「ほんとう？」

「本当です」

レオンティーヌは、力強いハンネスの返事に安心する。

「ほら、今日の主役がここにいらしてはいけませんよ。もうすぐ花火が揚がる時間です」

捜しに来た侍女に、レオンティーヌは引き取られ、調理場を出ていった。だから、次のような会話がハンネスとシェフたちの間で話されていたことは、知らない。

侍女が礼をしながら、去っていくのを見送ったハンネスは、残りを片づけようと振り返る。

すると、仲間のシェフが目を真っ赤にして洟《はな》をすすっているではないか。

「どうした？」

驚くハンネス。

「いやー！　いい話で……」

「料理長、今日はお祝いに皆で飲みに行きましょう」

「お袋の味って言いますけど、レオンティーヌ様には料理長の味が、まさに母の味だったわけですね」

「そうか……。母の味か」

嬉しそうに顔がにやける料理長を中心に、その後の飲み会はやけに盛り上がったのだった。

第七章　行かにゃいで

近頃、ますます疲れているテオドルスを見て、レオンティーヌは、それが寝不足によるものだと気がついた。

「テオドリュス陛下、顔色がわるいでしゅ。今日のお仕事は、おやしゅみしましぇんか？」

「心配しなくて大丈夫だよ」

テオドルスはそう言うと、今日も迎えに来たベルンハルトと一緒に、後ろ髪を引かれつつ出ていった。

テオドルス本人の意思というよりも、引きずられていった……というのが、近いだろうか。

お見送りし、扉が閉まった途端、すぐにベルンハルトだけ戻ってきた。

「レオンティーヌ様、少しお話しするお時間を頂いてよろしいでしょうか？」

「はい、大丈夫でしゅ」

切羽詰まった顔をしているベルンハルトから、大事な話だと聞いたレオンティーヌは、応接室に案内した。

ソファーに座るなり、ベルンハルトはいきなり切り出す。

「レオンティーヌ様はなぜ、陛下のことをお父様とお呼びにならないのでしょうか？　それは、やはり長い間放置されていたから、父と呼ぶにふさわしくないと、考えていらっしゃるのでしょうか？」

自分の考えとは全く違うことを言われ、耳を疑った。

「わたしはじゅっと、おとーしゃまと呼びたいのでしゅが、気軽におとーしゃまと呼んではいけにゃいと言われてたので、言ってなかったんだけど？」

以前、オルガから離れて一人で王宮を歩いていたら、ある人物に呼び止められて、言われたのだ。

『レオンティーヌ様が、急に陛下のことを父上とお呼びになったら、きっと陛下は複雑な気持ちになられるでしょう。なので、しばらくの間は、〝陛下〟とお呼びになることをお勧めします』と。

レオンティーヌ自身、それに『なるほど！』と妙に納得してしまい、現在に至る。

ベルンハルトの穏やかな顔が、険しくなった。

「それは誰に言われたのですか？」

「この国の賢者しゃまでしゅ」

「賢者？　ああ、タルチジオのことでしょうか？　あれはただ他の者より少し物知りってだけの自称賢者です。あれを信用してはなりません。まあ、それなら話は早い。陛下はずっとレオンティーヌ様から、お父様と呼ばれるのをお待ちになっています。呼んでくださいますか？」

「本当に、テオドリュス陛下は嫌じゃにゃい？」

「ええ、この国の宰相を信じてください。」

「はい、今日から呼びましゅ……頑張って呼んでみるかも」

レオンティーヌの弱気な返事だったのは、まだ少し不安があったからだ。

レオンティーヌから『お父様』呼びをしてみると言質を取って、一仕事終えたベルンハルトは、立ち上がって仕事に向かおうとしたが、今度はレオンティーヌが止めた。

「ベユンハート宰相しゃま。最近おとーしゃまが寝不足なんでしゅ。なじぇかわかりますか？」

いつも穏やかな表情のベルンハルトが、すぐに難しい顔になる。

今レオンティーヌが見ているのは、滅多に見られない宰相の、腕を組んで唸っている困惑の表情である。

「うーん。私が申し上げていいものか……。もし、私が陛下の寝不足の理由を申し上げても、陛下と一緒に寝てあげてくださいますか？　それを承諾していただかないと……とんでもないことになります」

「しょの、と、とんでもにゃいこととは？」

よほどのことが起こると聞いて、恐る恐る聞く。

「レオンティーヌ様が陛下と一緒に寝るのをおやめになると、私は間違いなくクビになります。それはまだいい方で、もしかしたら国外に追放かも」

レオンティーヌは、いったいどういう罪で?と聞くのが恐ろしくなったが、それよりもテオドルスの体調が心配だった。

「何を聞いても大丈夫でしゅ。ベユンハート宰相しゃまをクビにしましぇんよ」

レオンティーヌは力強く約束する。

それを聞いて、意を決したベルンハルトが「実は……」と今までの経緯を話した。

すっかり訳を知ったレオンティーヌは、ベルンハルトと約束をしたことを後悔している真っ最中。

「じぇったいに、わたしと一緒に寝にゃい方が、おとーしゃまのためじゃにゃいでしゅか」

不満顔のレオンティーヌに、ベルンハルトが、必死に説得する。

「さっき約束なさったじゃないですか！　それに、陛下がどれほどレオンティーヌ様とお休みになるのを楽しみになさっているか、ご存じないからそう言えるのです！」

「ふえ？　しょんなに?」

自分と寝るのを楽しみにしてくれているなんて嬉しい！　……のだが、それで体を壊されては元も子もない。

「だから、レオンティーヌ様から押しつぶされないから大丈夫、と陛下におっしゃっていただきたいのです。それで、夜はちゃんと眠るようにお願いしてくださいませんか？」

この国の舵《かじ》を任されているベルンハルト宰相が、こんなことでクビになったら大損害だ。

しかし、国王が病気になってもいけない。

「わかったでしゅ。やるでしゅ」

自分しかできない役目だと悟り、レオンティーヌは約束をした。

（ハー、うっかり引き受けてしまったけど、これは難問では？）

嫌な役目を引き受けてしまったが、放っておくことのできない問題だ。しかもこれを解決できるのは、自分しかいないのだ。やるしかない。難問に立ち向かう決意を固めたレオンティーヌだったが、とあることを思い出した。

「あ、しょうだ！　ベユンハート宰相しゃまに見てもらいたいのでしゅが……」

うんしょ、うんしょと腕まくりをして、鮮やかに浮き出た王紋をベルンハルトに見せた。

「これで、わたしも王族と皆に認めてもらえるでしゅか？」

薄い王紋のせいで、テオドルスやオルガたちに心配をかけていたことは知っている。だからこそ、今ベルンハルトに確認しておきたかったのだ。すると、ベルンハルトはクスクスと笑いだした。

「ああ、笑って申し訳ありません。しかし、今さらですよ。王紋が薄くても濃くても、王宮にいる者すべて、レオンティーヌ様を王女として尊敬していますよ。何しろたくさんの女神のご加護を受けられた尊く、得がたき王女殿下でいらっしゃいますからね」

レオンティーヌは気がついていなかったが、ずいぶん前から王宮の雰囲気は変わっていた。

それをベルンハルトに言われ、ようやくレオンティーヌも自覚することができ、ほっとしたのだった。

「では、テオドルス陛下のことをお頼みしましたよ」

気の緩んだあと、レオンティーヌは一番大事なことをベルンハルトに念押しされた。

「ハッ、しょうだった。頑張るんだった。おとーしゃまを説得して、不眠症を治してみせましゅ」

レオンティーヌは高らかに宣言する。


夜一緒にご飯を食べている時にも、レオンティーヌは『お父様』と呼べる機会はいくらでもあったのに、『テオドリュス陛下』を使ってしまった。

賢者と名乗るおじいさんに言われてから、ずっとレオンティーヌの中では封印して、言えなかった言葉だ。それを今さら、本人を前にしては、なかなか簡単に言えない。

まあ、実際には寝ぼけて、呼んでいるのだが……。

よし、就寝時間に言うぞ！と思っていたが、その機会は、その夜に慌ただしく来た伝令に奪われてしまった。

レオンティーヌが就寝準備をしている時に、屋敷がバタバタと騒がしくなり、何事かと聞けば、なんとテオドルスの父の弟、つまり叔父《おじ》に当たるマッシモ・パーチ公爵が、屋敷に多くの兵士を集めているという情報が入ったというのだ。

しかも、武器や弾薬までも、先日いざこざがあったサリナベ国から、秘密裏に調達している可能性もあるとのこと。それもこれも、テオドルスから王座の椅子を奪うため、という声もあるらしい。

ここで、レオンティーヌが首をかしげた。

レオンティーヌが父から聞いた話では、テオドルスの叔父はライラをいじめていた大伯母が再び悪巧みをしないように引き取って、さらに自分から王位継承権を放棄するために、その大伯母の遠くの領地を継いだと聞いていたのだ。

「むむ、そんな人が、今頃になってお父様の椅子を狙うかな？　おかしくにゃい？　なーんか、怪しいにおいがしゅるわ」

大人がバタバタしている中、レオンティーヌは腕組みをしながら思いを巡らせ、パジャマでうろうろしていた。

「レオンティーヌ様」

不意にヨリックから声をかけられた。どうやら、彼は心配して来てくれたようだ。

そこで、レオンティーヌは先ほど感じたマッシモの動きについての疑問をヨリックに話した。

「私もそう思います。誰かが後ろにいて、糸を引いていると見た方がいいでしょう」

ヨリックは賛同し、自身の見解も述べた。二人は誰にも邪魔されないように、レオンティーヌの部屋に戻り、今の状況を確認する。

「じちゅは、おとーしゃまのことを『おとーしゃま』と呼ばにゃい方がいいってわたしに言った人がいたんだけど、わたし、それを鵜呑《うの》みにしちゃって、言えてなかったの。今回もそれと同じように、マッシモ・パーチ公爵しゃまを、誰かが唆したんじゃないかなって思っているの」

クスッと笑うヨリックには、もうその教唆犯がわかっているようだ。

「その人とは、タルチジオのことですか?」

はっきりと名前を出されて、レオンティーヌは驚いて頷くが、情報が速いヨリックは、もう勘づいていたようだ。

「レオンティーヌ様も薄々お気づきのようですね。私も、賢者と言われ、増長していたタルチジオという男が、怪しいと思っています。すでにハイメ様が先に、タルチジオに内偵を入れていたのですがね」

でも、悠長にはしていられない。何を唆されたのかは知らないが、兵を領地から出せば国家転覆の罪は免れないのだ。

以前に、レオンティーヌはテオドルスから、その叔父さんの人柄を聞いたことがあった。

とてもおとなしくて少し気が弱いが、テオドルスが若くして国王になった時にはそばにいて、励まして支えてくれたのだと。それに早くに父を亡くして、重責を担わされたテオドルスに、マッシモは父親のように多くの助言をくれたのだとも言っていた。

そんな人が今さら、権力を欲しがるだろうか。

「おとーしゃまと叔父しゃまが戦うことになるなんて、じぇったいに避けにゃいとダメでしゅ。今、この叔父しゃまが何を考えているのか、わかればいいのでしゅが、何か手がかりはにゃいのかにゃ？」

行きづまったところで、ヨリックの顔を見た。

今までなら、だいたいヨリックが突破口を開いてくれていたから、つい今回も何かあるのでは？と、尻尾を振り振りヒントを待っていた。

が、ヨリックも何も隠し持っているヒントはないようで、期待されては困るとばかりにレオンティーヌから視線を逸らした。

「ま、ましゃか……、ヨリックしぇんしぇいともあろう人が、ヒントも切り札もにゃいのでしゅか？」

レオンティーヌは、愕然とする。行きづまる時はこうも簡単に行きづまり、手も足も出ない状態になってしまうのか。

答えが出ないまま、二人で腕組みしていると小さくノック音が聞こえ、サミュエルの声がした。

こんな時にサミュエルが来るなんて、これは急用しかない。ヨリックは大股で歩いていき、扉を開ける。

「サミュエル様、どうぞ中に」と言葉は丁寧だが、実際にサミュエルの腕を掴んで中に引きずり込んだに近い。

「痛たたた。待ってください、自分で歩けます」

サミュエルの言葉を半ば無視のヨリック。

「で、サミュエル様は、何を持ってきてくださったのですか？」

自分の訴えを無視されていたが、大事な用事を思い出し、上着の内ポケットから一枚の手紙を取り出した。

手紙を受け取ったヨリックは、封筒の封を切ると中身をレオンティーヌに渡す。

手紙には『これを見て、パーチ公爵の洗脳を解いてくれ』とだけあり、差出人はハイメだった。

そして、そのハイメの手紙の中に、封が切られたもう一通の手紙があり、それを読むとどうやら、差出人は賢者のタルチジオで、宛名がマッシモ・パーチ公爵だった。

「ハイメしゃんったら、どうやってこの手紙を手に入れたのかな？」

すでに配達された手紙を拝借するなんて、どう考えても合法的な手段では無理がある。そこで、ハイメが暗闇で、見知らぬ屋敷内を、黒い装束で暗躍している姿を想像してみた。

（うん、いい！　カッコイイ！）

レオンティーヌは脳内で空想していたが、ハッと我に返り、のんきな考えを打ち消してすぐにその手紙を広げる。

ざっと書いてある内容は……。

『テオドルス陛下は、自分の妻ライラ妃が精神的に傷つけられたことと、妻の死に直接は手を下していないものの、原因は大伯母のカイゼル伯爵夫人であると、常に恨んでいる。そして、見張るためといってその伯爵夫人を引き取って面倒を見ているあなた様を、テオドルス陛下は常々苦々しく思っていた。実際に近頃テオドルス陛下から、手紙など来ていないのではないか？　それは、その伯爵夫人を含めたパーチ家を断罪しようと準備しているからです。しかし、私は陛下と違って、今までパーチ公爵が陛下を支えてきたことを評価しています。だから、陛下にあなたにはなんの思惑もないことを再三注意していますが、全く聞き入れてくださいません。陛下が強硬な手段に出られる前に、あなたもお覚悟を決めて備えをしていてほしい』

（ふぬぬぬぬ。許せん。賢者！　私ばかりか、パーチ公爵まで騙すとは！　パーチ公爵もこんなに簡単に騙されてはいけませんよ！　どの口が言っているのだ、と言われそうだが……それにしても）

「タルチジオは、にゃんでこんなことをしゅるのでしょうか？」

素朴な疑問が不意に出ただけなのに、ヨリックとサミュエルからジト目で見られる。

「無自覚ですか？」

「自覚なさそうですもんね」

「しょれは、もしかして……わたし？」

ヨリックから、ふーとため息をつかれて説明を受けた。

「初めに申しておきますが、タルチジオはちょっと物知り程度の男だったのです。ですが、適切な助言がいくつかあり、それを誰かが賢者と言って持ち上げた結果、調子に乗って自分でも賢者だと名乗っていたんです」

「え。自分で名乗るなんて、自画自賛がすぎましゅね」

「そうなんです。自惚《うぬぼ》れて横柄な態度になってきていたところ、最近に起きたすべての問題を、レオンティーヌ様が解決なさるものだから、立つ瀬がなくなったのでしょう」

やはり、自分のせいではないのか？とレオンティーヌは不安そうにヨリックを見た。

「何度も申しますが、ご自分をお責めにならないでくださいね。タルチジオなど、初めから役に立つ助言などしてませんよ。勘違いした挙げ句、この国を引っかき回してやろうと思ったようですね。自分がいなければ、このような問題が起きるとでもいうつもりなのかな？　全く愚者の考えることは、さっぱりわからないですねぇ」

ヨリックは安定のヨリックだった。

（そういえば、聖獣の名前がわからないってなった時、飼育員さんたちは賢者に聞きに行ってたようだったけど、あっさりと私が答えを出して、面目丸潰れだったのかな？）

「レオンティーヌ様。もしかして、私のせいかなって、まだ思われていますか？　僕も賢者のことを聞いて知っていますが、皆が持ち上げすぎただけのただの凡人ですよ。だから気にしないでくださいね」

サミュエルも言うのだから、本当に凡人に少し毛が生えたくらいの人だったのか？と二人を見て思ったが。この頭脳明晰《めいせき》の塊の二人にとっては、少し頭のいい秀才程度なら、愚者や凡人扱いになるのだろうか。

元は文官だったタルチジオは、現在では年老いて閑職についている。

（つまり、昔はちょっとすごかったかもしれないけど、今はそうではないのかな？　それとも彼を頼る人がいるから、自分を過大評価しちゃったのか）

「とにかく、その人のしぇいでおとーしゃまが傷つくのを、じぇったいに止めにゃいといけましぇん。ヨリックしぇんしぇい、わたしを図書館にちゅれていってくだしゃい」

「本を調べるんですね。なんの本をお調べになるのか、おっしゃってくだされば、私も手伝いますよ！　行きましょう」

サミュエルも付き合ってくれる気満々だ。

しかしいつもなら、すぐに行きましょうと言ってくれるヨリックが、じっと考えて動かない。

サミュエルも心配して声をかける。

「どうしたのですか？　行かないのですか？」

今度はじっとサミュエルの顔を見て、ヨリックは再び何か考える。そして、ようやく動く気になったと思ったら、サミュエルに冷たく言い放った。

「サミュエル様は、ついてこられても邪魔になりそうなので、ここで待っていていただけますか？」

あまりの言葉に、サミュエルは呆然となっている。代わりにレオンティーヌが抗議した。

「ヨリックしぇんしぇい？　しょれはちょっとひどくにゃいでしゅか？　しぇっかく手ちゅだってくれると言ってくれているのに……」

「いえ、ここは二人の方がはかどります。ではここで失礼します。さようなら、サミュエル様」

ヨリックは言うなり、すぐにレオンティーヌを抱っこした。

レオンティーヌはヨリックに抵抗することもできず、動けないでいるサミュエルを残し、図書館に連れていかれたのだった。


今まで、サミュエルに失礼なことを言ってきたヨリックだったが、ここまでひどいことを言ったのは初めてだ。

レオンティーヌは、もう一度意見しようとしたが、ヨリックに何も言えなかった。

それほど険しい顔をしていたのだ。

王宮図書館に着いて、ヨリックもレオンティーヌも洗脳を解除する方法や、その類いの魔法に関する本を探したが見つからない。

「ううう……、このままじゃ、おとーしゃまが、いがみ合ってもにゃい叔父しゃまと、戦になっちゃうよ。わたしが言いに行っても、きっとわかってくれにゃいだろうし、どうしゅればいいの？」

「やはり、あの場所しかないのか……」

ヨリックの眉間のシワがいっそう深くなった。


ヨリックの険しい表情の答えは、扉に【入室禁止・閲覧不可】と大きな張り紙のある部屋の前に着いてわかった。

図書館の地下にある一室で、扉には鍵もかかっているが、さらに魔法の蔦が絡まっており、厳重で物々しい雰囲気。何者も絶対に立ち入らせない、強固な構えである。

その中に入ろうとしているのだ。

「ヨリックしぇんしぇい、この扉を開ける者は、王族の許可がいるとありましゅよ。ここに入ったらダメなんじゃないでしゅか？　あとで怒られましぇんか？」

「大丈夫ですよ、鍵はここにありますし、この魔法をかけたのは私です。だから、すぐに解除できますし、王族の許可は……レオンティーヌ様にいただければ問題ないですよ」

「ん？　しょっかー、私も王族だ！」

すっかり騙されたレオンティーヌは、本来は十五歳以上の王族の許可が必要だということを知らず、入室禁止の扉を開けて入ってしまったのだ。

扉が開いた時に、ヨリックが「本当に開くとは、レオンティーヌ様の知能指数は本当に、十五歳以上なのですね」と言って驚いていたが聞いていなかった。

それどころか、「じゃあ、他の入室禁止の部屋にも入れるんだね」とのんきに喜んでいたのだ。

実際にこの部屋にある本は、『人心掌握』や『人の心を操る魔術』、『簡単！　洗脳術』など、危険な書物が多くて、なぜ立ち入り禁止になっていたのかがわかった。

でもそのおかげで、気の弱いパーチ公爵の、洗脳の解き方なんかも、すぐに実践できそうな本がいっぱいある。

きっとタルチジオは強い魔術は使えない。

だから、地道にねちねちと、手紙でパーチ公爵の心を弱らせて、疑心暗鬼にさせて、ゆっくり洗脳してからさらに弱い魔術をかけて、思い通りに動かせるまで仕上げたのだろう。

厄介なのは、じわじわ追いつめられた心は、魔術でパッと簡単にかけられたよりも、心の奥底にこびりついて、洗脳が解けにくいと、さっきヨリックから渡された本に書いてあったことだ。

「レオンティーヌ様、どうですか？　何か役に立ちそうな本はありましたか？」

「ありまちたが、再びこのようなことが起こらにゃいように、パーチ公爵の心を強化しゅる本も、探しておきたいでしゅ！」

「なるほど、それは賢明なご判断です。では探しましょう」

二人で探していると、閉館しているのに、いまだにこの館内に残っている者がいると気がついた図書館の館長が、捜しに来た。

そして、この入室禁止の部屋に、レオンティーヌたちがいることに、ひどく動揺している。

「ヨリック、それにレオンティーヌ様？　なぜここに？　ヨリック……お前は何をしたかわかっているのか？」

（何をしたか？ってどういうこと？）

レオンティーヌは、館長がなぜこんなに動揺しているのかわからない。

それに、あまりにもヨリックが堂々としているせいで、きっとたいしたことにはならないと思っていたくらいだ。

「ええ。もちろん何をしたか知っていますよ。上への報告は館長の業務の一つです。気にせず館長の役目を全うしてください。では、夜も遅いのでこれで失礼します」

ヨリックはレオンティーヌを抱き上げると、改めて扉を魔法で封印し、鍵をかけてすたすたと歩きだして、何事もなかったように、図書館を後にした。

レオンティーヌがヨリックを見ると、表情は変わっていない。

しかし、さすがに館長の様子が気になったので聞いてみた。

「ヨリックしぇんしぇい、大丈夫なんでしゅよね?」

「何がですか?」

「だって、館長しゃんが困った顔をしてまちたよ」

「ああ、彼はいつもあんな顔をするんです。レオンティーヌ様が心配なさることはないですよ」

その言葉になんだか、もやもやしながらも、いつだってヨリックが大丈夫と言ったことは大丈夫になった、と思うことにした。


次の日、朝早くにパーチ公爵領に、出発しようとしているテオドルスをつかまえて、レオンティーヌは自分も連れていってほしいと、直談判をしてみたが、やはり却下された。

本当はヨリックに、この役目をしてもらうつもりだったのが、今日に限って寝坊なのか来ないのだ。

(この肝心な時に寝坊なの? 仕方ない先生だな、まったくもう。先生ならば、こんな時にすらすらと、いい言い訳を思いついてくれるのに!)

遅刻のヨリックを恨めしく思いながら、いないものは仕方ない。自分でなんとかしなくては、と身振り手振りで必死で食い下がる。

「テオドリュス陛下は、このままパーチ公爵しゃまと戦うつもりでしゅか? わたしには秘策があるのでしゅ。だから、信じて連れていってくだしゃいましぇんか？」

　この舌足らずな物言いじゃなかったら、めちゃくちゃかっこいい台詞で、説得力もあるはずなのに、これではいまいち説得力に欠けるし、子供のわがままな感じになっちゃうではないか。

　そう思いつつ、レオンティーヌは信頼してもらうために、引き締めた表情を、保ち続けた。

　ここは、負けられない。何がなんでも連れていってもらわないと、昨日、寝不足してまで調べたことが無駄になってしまう。

「しかし、あの領地には、お前の母の死の原因をつくった大伯母がいるのだ。あれのそばに近づけたくはない」

　テオドルスが苦しげに言いだした。だが、それはレオンティーヌにとって想定内である。

「わたしはその方には、じぇったいに近寄りましぇんし、すでに寝たきりと聞いてましゅ。だから！」

　必死で訴えるとテオドルスは折れてくれた。

「わかった。レオンティーヌの策に乗ろう。だが、危険だと判断したらすぐに帰ってもらうぞ」

「やった！　むふふ、私を信用してくだしゃい。パーチ公爵と戦にはなりましぇんから！」

　小さな手でVサインを作る。

「ああ、それならば、お前を守るために、騎士団とフウさんも一緒に連れていこう」

　騎士団はハイメ率いる第五騎士団で、フウさんというのは聖獣のフェンリルだ。

(あれれ？　このメンバーって最強じゃないですか？)

少しは不安もあったが、これ以上ない護衛たちに安心感がすごかった。

用意が整い、出発しようとしているテオドルスに、まずは王都にあるタルチジオの屋敷に向かってもらう。

「なぜ、タルチジオの屋敷に？」

先を急ぎたいテオドルスは、答えを急がすように早口で質問をしてきた。

「この作戦には必ず必要なものが、タルチジオの屋敷に残っているはずでしゅ。なので、その証拠を押さえることが、何よりも先決でしゅ」

強く言いきる娘の言葉に、テオドルスは頷き、タルチジオの屋敷に急行した。

タルチジオの屋敷はひっそりしていて、屋敷には誰もいないようだ。

「使用人もいないのか？」

仕方なく、強引に扉を蹴破り、中に入っていく騎士団員。

(うほ！　ドラマでよく見る捜査令状とか必要ないんだな)

レオンティーヌも一緒に入っていくと、団員たちにテオドルスからパーチ公爵に送られたはずの手紙を探すように頼んだ。

重要な証拠だから、どこかに隠し持っているだろうと思っていたが、まさかの鍵のかかっていない机の引き出しに入れていたのには、正直拍子抜けである。

屋敷中の家捜しを覚悟していたが、家宅捜査時間、約三分の出来事だ。

「やはり、ありまちたね」

レオンティーヌはどや顔で、封も切られていない手紙を見る。

「なぜ、タルチジオは私の手紙を盗んだのだ？」

テオドルスは不可解な賢者の行動に、首をかしげている。

「テオドリュス陛下から恨まれているとパーチ公爵に刷り込むためには、最初に邪魔になるのが、陛下からの手紙でしゅ。だから、タルチジオは王宮に行って、甥《おい》が働く郵送部門へ行き、手紙をくすねていたのでしゅ。とつじぇんテオドリュス陛下からの手紙がこなくなったパーチ公爵は、不審に思い始めるでしょう。テオドリュス陛下への信頼が揺らいだところを洗脳されたっぽいでしゅね」

テオドルスは思い当たる節があったのか、痛恨のミスを犯してしまったと歯軋《はぎし》りしている。

「前から、叔父から返事がこないと思っていたのに、そのままにしていた私が悪かった。忙しさにかまけて、疎《おろそ》かにした結果がこれか……」

がっくりと片膝をついて項垂れるテオドルスに、レオンティーヌが慰めようと、背伸びをして頭をよしよしする。

「レオンティーヌ……、私を慰めてくれるのか？」

「おと、テオドリュス陛下の苦しみと加えて私の恨みも一緒に晴らしに行きましょう！」

「レオンティーヌの恨み？　タルチジオはお前にも何かしたのか？」

「はい、あの人のせいでわたしは！」

悔しさに握り拳が震えた。いまだに、すんなり『お父様』と言えない怨念を倍にして返してやるのだと意気込む。

「レオンティーヌ……。タルチジオを八つ裂きにしてやる。待っていろ」

詳しい説明もまだなのに、テオドルスから冷気が噴き出し、辺りがひんやりする。

ブルッと震えるハイメが、こそっとレオンティーヌに尋ねてきた。

「陛下に何をおっしゃったのですか？」

レオンティーヌは首を横に振る。

「まだ詳しいことは、言ってにゃいんだけど」

レオンティーヌの返事に、ハイメがにやりと笑った。

「ちょうどいいから、そのままにしといてください」

そうハイメに言われたけれど、本当にテオドルスに説明をしなくていいのだろうか？とレオンティーヌは心配になる。

しかし、その結果、テオドルスの勢いはそのままで、まさに鬼神が如《ごと》く馬を走らせたのだった。そして、その日の昼過ぎにパーチ公爵領に着くという神業っぷりを見せた。

ハイメに抱っこされたレオンティーヌは、少しあとから到着し、辺りを見るとパーチ公爵の屋敷を軍隊が取り囲んでいるところだった。

屋敷といってもパーチ公爵は古城を住居にしているために、城壁高く城門も下ろされてすでに籠城の構えだ。

その城に向かってテオドルスが、大声で「話がしたい」と叫んでいたが、城内からは何の返答もない。

どうやら物見櫓《ものみやぐら》の上から、戸惑いながら見ているだけの人物がパーチ公爵だ。攻撃してくるでもなく、かといって話し合いに応じることもせず、踏ん切りをつけられずにいるのだろう。

この膠着《こうちゃく》状態に現れたのが、レオンティーヌである。レオンティーヌは着くとすぐにパーチ公爵につたない言葉で挨拶を始める。

「パーチ公爵しゃま、こんにゃちは。わたちはテオドリュスへーかのむしゅめでレオンティーヌと言いましゅ！　どうじょ、これからよろしくお願いしましゅ」

いつもよりもたどたどしく話す。これにハイメが疑問をそのままぶつけた。

「いつもよりも赤ちゃんぽいのは、なぜですか？」

「しっ。大きな声で言わにゃいでくだしゃい。これも作戦でしゅ。人間はぺらぺらと流暢にしゃべる人間よりも、たどたどしいほど誠実だと感じるしょうでしゅ」

「へー、それも本の受け売りですか？」

「違いましゅ。テレビでどこかの社長しゃんが言ってまちた」

「テレ？　誰？」

ハイメの混乱を無視して、さらにパーチ公爵に訴えながら、洗脳を解くための魔法もかける。

「テオドリュス陛下はじゅっと、パーチ公爵しゃまにかかさず手紙を送っていたのでしゅが、その手紙をタルチジオに奪われていたのでしゅ。その証拠でしゅが、封も切られていにゃいこれらの手紙でしゅ」

レオンティーヌは何通もの手紙を、前に突き出すように見せた。まだパーチ公爵は半信半疑のようなので、続けて話した。

「手紙はタルチジオのちゅくえの中に入ってたのでしゅよ。つまり手紙がこなくなったのは、陛下がパーチ公爵を疎ましく思っていたからではなく、あなたとの関係に亀裂を入れるために、配達される前の陛下の手紙をタルチジオが奪っていたんでしゅ！」

遠目からでも、パーチ公爵が動揺しているのがわかった。

揺らいでいるこの時だ、とばかりにテオドルスが叫ぶ。

「本当です。私は叔父上に感謝こそすれ、疎ましく思っているなんて絶対にありません。信じてください」

項垂れていたパーチ公爵が顔を上げて、寂しげな笑みを浮かべた。

「……信じるよ。だって陛下が大事な娘に嘘を言わせるなんてしないからね。でも、タルチジオに騙されたとはいえ、ここまで兵を集めて籠城したからには、私はあとには引けないよ」

確かに国家転覆罪や内乱罪は罪が重い。首謀者は斬首である。

レオンティーヌはパーチ公爵に小さな手を振って、敵意ゼロの笑顔を向けた。そして、自分たちがここに来たのは、あなたを助けるためなのだと、その作戦を話しだす。

「ありぇりぇ？　パーチ公爵しゃま、違いましゅよ。ここには今日、合同演習で来たんでしゅよね？」

いち早くピンときたハイメが、第五騎士団の騎士に号令をかける。

「今日は、パーチ公爵の騎士団と我が王国騎士団とで、隣国から攻められた時の合同訓練に来た。では、パーチ公爵の精鋭部隊と一緒に演習を始めるので、ご開門ください」

ハイメが微笑んでいる！　これはきっと相手を刺激しないための笑顔なんだが『今すぐ開けろ！』と圧がすごい。

ここで素直に開けてくれないと、パーチ公爵の運命が変わってくる。

レオンティーヌが隣のテオドルスを見ると、天に願うような面持ちで目の前の門が開くのを待っている。

（頼みます。開けてください。お父様をこれ以上悲しませないでください。お願いします！）

レオンティーヌとテオドルスの心の声が聞こえたのか、ググググと音がして、城門がゆっくりと開いた。そして、門の前にはパーチ公爵が立っていた。

嬉しさを超えたのか、安堵したのかテオドルスは突っ立ったままだ。

レオンティーヌは動かないテオドルスの手を取ると、引っ張ってパーチ公爵のもとに連れていった。

「テオドルス陛下、私のせいで心配とお手数をおかけしました」

深々と謝罪するパーチ公爵にレオンティーヌは、空いている手でパーチ公爵の手を掴むと、もう一つのテオドルスの手を握手するように握らせた。

「叔父さんのせいではありません。それに叔父さんは早くに父を亡くし、国王になった私をずいぶんと陰で支えてくれたではないですか。ずっと感謝していました」

「それは、私もです。私のように気の弱い者を、テオドルス陛下がいつも持ち上げてくださったから、貴族社会でもやっていけたのだと思っています」

「仲直りできてよかったでしゅ。ところで、嘘つき賢者しゃんはどこにいるのでしゅか？」

「それが、陛下がいらっしゃる少し前に、この城を出ていったと連絡を受けているのです。すぐに領地をくまなく捜して捕まえなければ」

そう言っていた矢先、パーチ公爵の兵が王都に向かって進軍を始めたと、伝令が飛び込んできた。

万事休すだ。

◇□　◇□

　せっかく穏便にすませようと思っていたのに、パーチ公爵の騎士団や兵士たちが、勝手に王都に向かっている。

　万が一、その兵士が領地を出てしまったら、せっかく合同演習だとごまかしたのに、すべて無駄になってしまう。他の領主から、挙兵が報告されてしまえば、もうもみ消すことができなくなり、パーチ公爵をかばいきれない。

　誰かが先導している。その人物はわかりきっていた。

「タルチジオ！　どこまで私をコケにするつもりだ。絶対に止めてやる」

　テオドルスの体から、憤怒《ふんぬ》の黒い炎が見える。

　でも、今から馬で走っても間に合わない。

「フウしゃん、お願い！　パーチ公爵を乗しぇていってくだしゃい！」

　フェンリルは、一瞬嫌そうな顔をしたものの、レオンティーヌの頼みなら仕方ない。パーチ公爵の服の裾をくわえて、乗せてやる、とばかりにぐいっと引っ張った。

「いいの？　ありがとう」

　喜ぶレオンティーヌと、感謝しフェンリルに頭を下げるパーチ公爵。

「ありがとう。今暴走している者たちは、幼い頃から私を慕って集まった子たちなのだ。タルチジオに騙されて、王都に向かっているに違いない」

幼い頃から我が子のように育てた若者が、自分のせいで皆犯罪者になってしまうのは、つらいだろう。彼らを止められるのは、きっとパーチ公爵しかいない。

そう思っていたのに、テオドルスが自分も行くと言いだした。

「もし、洗脳が強くてパーチ公爵の言葉も耳に入らなかった場合、彼らを止める手段はこれしかない」

テオドルスが自分の力こぶを見せる。

（そういわれても、フウさんは一人を乗せて走るだけでいっぱいいっぱいですよ？　無理だよ）

いくらなんでも、大人二人はフウさん的にも無理がある、とレオンティーヌはフェンリルをチラリと見る。

フェンリルと目が合ったレオンティーヌは、『終わったら褒めてね』と言われたような気がした。フェンリルが何を言いたかったのかわからず、首をかしげたら、それが合図のようにフェンリルの体が、馬より大きくなった。

それを見たテオドルスは、躊躇《ちゅうちょ》せずに、すぐにフェンリルにまたがる。戸惑っているパーチ公爵はどうしていいのかわからずにいたが、苛立ったフェンリルが、彼の襟首をくわえてぽいっと背中に放り投げた。

よし、出発だ！と思ったら、フェンリルがレオンティーヌにも乗れと、優しく鼻でつついて、合図しているではないか。

どうしようと、迷っていると、テオドルスにふわりと持ち上げられた。そして、そのままフェンリルに乗せられる。

レオンティーヌが乗ったのを確認したフェンリルは、満足げに走り出した。そのスピードたるや、恐ろしく速かった。まるで地面すれすれを飛んでいるようなのだ。

そして、あっという間に、タルチジオが先頭に立って指揮している騎士団に追いついた。

「お前たち、止まってくれ！」

パーチ公爵が騎士たちに叫ぶが、止まる気配すらない。

一心不乱にありもしない敵へと向かい、何かをぶつぶつと言い続けて錯乱している。

『忠義』という基礎に、『恩義』という名の洗脳の魔法をかけられている状態なのだ。

これはダメだと判断したテオドルスは、フェンリルを騎士団の前に回り込ませる。

当然、馬は洗脳されていないので、目の前の障害物に一斉に止まった。

馬が止まったのを確認したテオドルスは、フェンリルにレオンティーヌとパーチ公爵を危なくない場所に連れていけと命令をする。

フェンリルは、一番大事なレオンティーヌとパーチ公爵を連れて、すぐにその場を去ろうとした。

だが、剛腕とはいえ、五十騎の騎士にテオドルスが一人で立ち向かうのは、無茶にも程がある。

レオンティーヌは「待って」とフェンリルを止め、テオドルスの背中に向かって叫んだ。

「ダメだよ！　一緒に逃げるんでしゅ！　お願い！」

テオドルスの体がピクッとなった。レオンティーヌに可愛く『お願い』されたのだ。違う方向で力が湧きまくった。

「ふふふ、安心してくれ、レオンティーヌ。今の私に勝てる者は存在しない。ゆけ、フェンリル！」

レオンティーヌはパーチ公爵と共に、フェンリルの背中に乗せられ、少し離れた高台に連れていかれたのだった。

眼下に見える大勢の騎士と、それに対峙《たいじ》するテオドルス。

遠くから見てもはっきりわかるほど、テオドルスは強かった。

だが、それがわかるのは、戦い慣れた者が見た場合である。

レオンティーヌには『大勢に斬りかかられている絶体絶命の父』としか見えていない。

「お、おとーしゃまが死んじゃう！　誰かおとーしゃまを助けて！」

泣き叫ぶレオンティーヌをなだめようと、パーチ公爵が今の状況を、安心させるように、必死で実況する。

「テオドルスは大丈夫だよ。ほら、魔法を使って竜巻を起こし、馬に乗っている騎士をどんどん落としている。それに落とした騎士を一振りの剣で軽く三人ずつ吹っ飛ばしていっているから、あの強さに敵《かな》う者はいないよ」

確かに、テオドルスの強さは圧巻だった。

「でも、でもまだあんなにたくしゃんの騎士が、おとーしゃまに斬りかかっているわ！　フウしゃんおとーしゃまを助けて……」

いつもはレオンティーヌの言うことなら、なんでも聞いてくれるフェンリルが、全く動いてくれない。目にいっぱい涙をためて見つめても、首を傾けて困っている様子なのだ。

そう、フェンリルは困っていた。娘の前でいい格好をしようとしているテオドルスの前に出ていったら、邪魔者扱いされるはず。

いや、それだけならいい。あの、やる気に満ちたテオドルスのそばに行ったら、ついでに殺《や》られそうだと感じているのだ。

レオンティーヌの『お友だち』になってから、殺気立った目をテオドルスから自分に向けられていることがあったのは、確かなのだ。

巻き添えで一緒にふっ飛ばされる可能性を考えて、行かないと決めると、レオンティーヌの傍らから一歩も動かなかった。いや、動けなかった。

テオドルスを心配したレオンティーヌが、今にも崖を下っていきそうになっているのを、体で止めて守らなければならなかったからだ。

そうこうするうちに、みるみる戦える騎士が減っていき、最後の一撃で残っていた五人が、一塊で後方に吹っ飛ばされて片づいたようである。

それを確認したフェンリルは、すぐにレオンティーヌとパーチ公爵を乗せて、テオドルスのもとに戻った。

「にゃぁぁぁ！　死なにゃいでくだしゃい！　早く誰かあぁ！　手当てしてくだしゃい！」

半狂乱になって叫ぶレオンティーヌに、テオドルスは驚く。

たまたまテオドルスの体に付着していた血を見たレオンティーヌに、テオドルスが大怪我をしたと勘違いされたようだ。

「私は、どこも怪我をしていない。だから落ち着いてくれ！」

大粒の涙をポロポロこぼすレオンティーヌは、まだ「ヒックえぐえぐヒック、ヒック」と泣きじゃくっている。

「大丈夫だから、大丈夫だから。泣かないでくれ！」

たかが五十人の騎士など相手ではないテオドルスは、その相手も殺す気などなく、倒れている騎士も打撲や脳震盪《のうしんとう》を起こしているだけなのだ。

だから、レオンティーヌを連れてきても大丈夫だと軽く考えて、フェンリルに乗せた自分の浅はかさを責めた。

「私は怪我などしていないよ。もちろん誰も大怪我をさせてない。私に付着した血は、相手をほんの少し殴った時についたものだよ」

誰も怪我をしていないと伝えると、レオンティーヌはしゃくりあげながらも、少し冷静になったように見える。

「ヒック……、ほんとに大丈夫なのでしゅか？　どこも痛くにゃい？」

「ああ、ほら。レオンティーヌをこんなに高く持ち上げても大丈夫なくらい、どこも怪我などしていない」

立ち上がってレオンティーヌを高い高いをして、自分の無傷を証明してみせた。

「よ、よかったたぁ……」

大粒の涙がこぼれ、テオドルスに降ってくる。

「悪かった、だから泣くな。私は大丈夫だから」

テオドルスは、首にぎゅっと抱きついてくる幼子の体温を感じて、レオンティーヌを壊さないように、優しく抱きしめていた。

しばらくして、到着した第五騎士団と共に、パーチ公爵が倒れている騎士一人一人の怪我を確認して、重傷者がいないことに安堵していた。

そして、目を開けた騎士たちに、自分の不甲斐なさを謝罪する。

「すまない……」

ようやく正気に戻った騎士たちは「いったい俺たちは、どうしてあれほど憤慨していたのだろう?」と考え込んでいた。

「しゅごい！　重ねがけされていた洗脳魔法を、一撃の物理的パンチで解いて目を覚まさしぇるなんて……」

レオンティーヌが尊敬の目をテオドルスに向けると、照れたように顔を真っ赤にした。

うちのお父様がちょっと可愛いと思ってしまうレオンティーヌだった。

その横で、騎士たちは体を起こし、目の前のパーチ公爵に驚いている。

「マッシモ様、どうされたのです？　それに、後ろの方々は、もしかして……」

テオドルスの存在に、改めて気がついた騎士たちは、痛む体を動かしてパーチ公爵を守ろうとするが、すぐにパーチ公爵がそれを止める。

「皆、大丈夫だ。陛下は私たちの敵ではない。わざわざ私のことを心配して駆けつけてくださったのだ。このような事態に陥ったのは、私の責任であり、皆に申し訳ないことをしたと思っている。迂闊にも、私はそこにいるタルチジオに騙されていたのだ」

『どういうことだ?』と騒ぐ騎士たちに、タルチジオは顔を引きつらせて下を向いた。

「テオドルス陛下は、私を断罪なさるつもりは毛頭なかった。それどころか揺るぎない信頼を寄せてくださっていたのに、私はタルチジオの言葉を鵜呑みにしてしまった」

騎士たちは、おろおろしているタルチジオを取り囲み詰め寄っている。

「あなたが私たちに、義理を欠いた国王の軍隊から、マッシモ様を守らねばならないと言っていたのは嘘だったのか？」

「待ってくれ！　それは……。あれ？　なぜパーチ公爵も騎士もそんなに、すっかりきれいに洗脳が解けているのだ？」

痩せ細った狐《きつね》のような男は、焦ってぶつぶつと言っているが、もう逃げ場はない。

「くそぉ！　洗脳したパーチ公爵を動かして、国王を殺せば、私がこの国の陰の王になるはずだったのに！」

「お前ごときが？　正気か？」

テオドルスがあきれたように言う。

「お前が私の意見書を無視して取り上げなかったのが、悪いのだ！　それにそんな娘ごときに、私の賢者の地位が脅かされるなんてあってはならない。お前のせいで、私の輝かしい功績がかすんでいるのだぞ。私にあやまっ……ぐえぇぇ！」

テオドルスに蹴られ、高く舞い上がっているタルチジオ。

お前呼ばわりは聞き流したテオドルスだったが、レオンティーヌを『娘ごとき』とけなされて、つい足が出たという感じだろうか。

タルチジオはテオドルスに蹴り飛ばされたあと、ハイメにもかなりきつめに縄で締め上げられている。

その上、テオドルスにねちねちと嫌みを言われ続けているが、今にも剣を振り下ろしそうなハイメに睨まれていては反論できない。

「あの、お粗末な意見書はタルチジオ、お前が出したものだったのか。理想論ばかりでくだらない意見など取り上げるわけがなかろう。少々褒められて自惚れた男のことなど、話にならんな。さっさと連れていけ!」

縄でぐるぐる巻きにされたタルチジオは、引きずられていったのだった。


ひとしきり落ち着いたあと、パーチ公爵の屋敷に案内され、テオドルスとレオンティーヌは、ふかふかクッションがあるソファーに座っていた。

そこにパーチ公爵と騎士たちが入ってきて、改めて謝罪をする。

この時レオンティーヌには、謝罪の言葉が全く頭に入ってこなかった。

というのも、騎士団の隊員たちのことをパーチ公爵が、『幼い頃から私を慕って集まった子たち』と言っていたので、脳内に若い騎士団員を想像していたのに、この部屋で並んで頭を下げているのは、結構いい年のおじさんたちだったからだ。

（パーチ公爵が若い頃から面倒を見ていたとしたら、そうなるよね。お父様と同じか年上に決まっているもんね）

脳内でつい、二十歳くらいの騎士を想像していた自分が恥ずかしくなる。

羞恥心でにまっとした顔を、微笑んでいるように勘違いされたのはよかった。パーチ公爵はすぐ前にしゃがんで、レオンティーヌの頭を撫でる。

「レオンティーヌ様は本当に王妃様にそっくりだ。どんな時でも笑顔を絶やさず、優しくて機転が利くところも。おかげで助けられました。本当にありがとうございます。初めてこの領地に来てくださったのだ。どうぞ、城の中でゆっくり滞在していってください」

ここでゆっくり滞在していってと言われたが、レオンティーヌはずっと気になっていたことがあり、すぐに帰りたかった。

テオドルスと叔父の語らいの時間は多くは取れないし、これからもそうだろう。そう思うと帰りたいとは言いだせない。

しかし、テオドルスはパーチ公爵の申し出を断ってくれたのだ。

「娘は疲れているようなので、一泊だけ滞在し、明日には王都に帰ろうと思っています」

レオンティーヌは改めて、自分のことを常に見ていて、考えてくれるテオドルスに感謝するのだった。

その日はたくさんの料理でもてなしをされて、就寝時にはテオドルスとレオンティーヌは一緒に寝ることになるのだが、ここで、テオドルスの不眠の原因を思い出したレオンティーヌは、あることを提案する。

「私、ソファーで寝ましゅ」

枕を抱え、ずるずるとシーツを引っ張り、ソファーに上ると、絶望した顔をテオドルスが向けてきた。

「な、なぜ、ソファーに？　今日は一緒に寝ないのか？　もう一緒に寝るのは嫌なのか？」

飼い主に置き去りにされたわんこのように、テオドルスは悲しげに訴えてくる。

「また、一緒に寝たいから今日は寝にゃいのでしゅ」

レオンティーヌの言った意味がわかっていないテオドルスに、もう少し言葉を追加する。

「だって、わたしが一緒に寝ると眠れにゃいのを知っていましゅよ。だからでしゅ」

呆然としていたテオドルスだったが、すぐに思い至ったようだ。

「ベルンハルトに言われたのだな？」

（あ！　バレた）

この国の宰相が国外追放は困るので、必死にごまかす。

「ち、違いましゅ。しょんなことより、一緒に寝てもしっかり寝てくれましゅか？」

娘に嘘をつきたくないのか、返事をしないで、テオドルスは考え込んでいる。

連日の寝不足と今日のことで、テオドルスの顔色は本当に悪いというのに、このままでは今夜もテオドルスは寝ないかもしれない。

考えた末、レオンティーヌはもう一度枕を持って再びベッドに移動。そこから手招きすると、テオドルスもおずおずとベッドに入ってくる。

レオンティーヌは今が絶好の機会なのではと、今まで言えなかった言葉を、今この場で言うことにした。

「あのね、聞いてほしいの」

その言葉をテオドルスは嬉しそうに聞く。

「うん、なんだい？」

ずっと言いたかった言葉だ。

「お、おとーしゃま」

「……」

テオドルスは目を見開いて、口は半開きのままである。

「すまないが、もう一度言ってくれ」

「おとーしゃま……、おとーしゃま？」

「うおおおお！　最高だ！」

レオンティーヌは優しく抱き上げられると、テオドルスに「もう一度呼んでくれ」とお願いされる。

「おとーしゃま」

お父様と呼んだだけでこれほど喜んでくれるなら、もっと早く呼べばよかったなとレオンティーヌは思う。それと同時に、今頼めばおとなしく寝てくれるかもしれないと言葉を続けた。

「わたしね、おとーしゃまが寝不足でつらしょうなのが悲ちい」

「つらくはないぞ。むしろ、今なら寝なくても一晩中走り回れるぞ！」

（いやいや、私の話を聞いてました？　まったく、自分の顔を鏡で見てほしい。全然自覚していないのだろうか？　そんなに顔色が悪くなっているのに？）

「いいから、横になって目をつむってくだしゃい」

くわっと目を見開き威嚇すると、おとなしく従うテオドルス。

「わ、わかった。わかったから……」

「目を開いたら、もうおとーしゃまと呼びましぇんよ」

脅してみたらあっさり目を固く閉じた。

「いつまで目を閉じてればいいのだ？」

「朝まででしゅ！　これは、じぇったいでしゅ。それに、一緒に寝てもわたしは潰されたりしましぇんから、安心して寝てくだしゃい。開けたら……わかってましゅよね？」

「わかった、開けないよ」

レオンティーヌが、もぞもぞとテオドルスにぴったりとくっつくと、テオドルスは目をつむりながらも満足げに微笑む。

しかし、レオンティーヌの顔を見たいのか、何度も「少し開けて顔を見てもいいか？」と聞いてくる。そのたびにレオンティーヌは「ダメでしゅ」と、ぴしゃりと退けた。

しばらくするとよほど疲れていたのか、テオドルスの体から力が抜けて、呼吸が寝息に変わる。

「うふふ、おやしゅみなしゃい。おとーしゃま」

レオンティーヌも、すぐに重くなった瞼《まぶた》を閉じた。


どれくらいの時間が経ったかわからないが、カーテンから漏れた朝日で、目覚めたテオドルスは、レオンティーヌを押しつぶしてしまったのではと焦った。

しかし、すぐ目の前に、小さな寝息を立ててすやすや寝ている娘がいて、心から安堵したのだった。

それから起き上がろうとしたが、小さな手が自分の寝間着を、しっかりと掴んでいるではないか。

このちいさな手をほどくのは忍びないので、再びレオンティーヌの隣で横になる。

すると、一瞬離れたのが不安だったのか、再び人肌を感じたレオンティーヌはテオドルスの腕にほっぺをすりすりしてきた。

(な、な、な、なんだこの可愛い生物は！　心臓を鷲掴《わしづか》みどころではないぞ。危うく握りつぶされてしまうところだった)

あまりにもレオンティーヌが可愛くて、今日はこのままこうしていよう、と予定をすべて変更する気でいた。だが、いつでも邪魔は入る。

小さく遠慮気味に叩くノックが聞こえた。もちろん、返事はしない。

だが返事をしないと再びノックし、小声で「お休みのところ申し訳ございませんが、緊急事案が発生しました」と続ける。

扉を閉めたまま、テオドルスが「用件を申せ」と促す。できれば、このままレオンティーヌと離れたくなかったのだが、そうもいかないようだ。

「タルチジオが牢《ろう》から逃げました」

想定内の事案だが、さすがに無視することができないので、娘を起こさないように、小さな手に掴まれている寝間着をそっと脱いで起き上がり、そっと扉を開ける。

パーチ公爵家の騎士は、青い顔で報告し、非常に厳しい状況に手が震えていた。

昨日この城内の騎士と国王軍であわや戦闘というところまでいって、なんとか和解したというのに、その首謀者を逃がしてしまったというのでは、裏切り者が出たと疑われても致し方ない。

「パーチ公爵家に属するすべての者を信頼している。今回のタルチジオの脱走の件は、タルチジオが事前に、逃亡するための脱出経路を作っていたのだろう。それに、今回のことはハイメが追っているだろうから大丈夫だ」

「ロペス卿が、ですか？　もう、すでに？……」

早すぎるハイメの動きに理解できず、騎士は首をかしげながら返事をした。

しかし、これはテオドルスとハイメの考えた計画の一部である。

ハイメがすぐに戻るだろうと、テオドルスは上着を羽織り、先ほどの騎士と同じように、緊張で顔色の悪いパーチ公爵が待っている応接室に入る。

「申し訳ない」

頭を下げるパーチ公爵を、テオドルスは止めると、帰ってきたハイメに報告を促した。

「テオドルス陛下のおっしゃる通り、タルチジオは逃亡に失敗して、第五騎士団が追いつめたのですが、途中の断崖から足をすべらせて転落しました。死亡も確認したのでこれで終わりですね」

ハイメの真っ赤な瞳に黒い光が差した。

「うむ、ご苦労だったな。一人で国家転覆を企てていた男が、この地で捕まり、さらに逃亡に失敗して死亡。被疑者死亡でこの件は片づきそうだな」

テオドルスの言っていることがわかり、パーチ公爵とその騎士団は目を見開き、すぐに頭を深く下げた。

もともとタルチジオは、エールトマンス国の情報をサリナベ国へ漏洩《ろうえい》していた。その証拠を握る参考人が見つかり、タルチジオが犯人だとわかったが、身柄を拘束する前に今回の事件だ。被教唆者である叔父を救うために、テオドルスはタルチジオに裁判を受けさせることなく、全ての罪を負わせるつもりでいた。

しかし、レオンティーヌが見ている前で、抵抗していないタルチジオを斬るわけにもいかず、苦肉の策である。

逃げ道を用意していたが、これもタルチジオが逃げ出すかどうかは賭けだったのだが、筋書き通り、本当にうまくいったとほくそ笑んだ。

ハイメの報告が終わったテオドルスは、レオンティーヌが寝ている部屋の前で物騒な顔を穏やかな顔に切り換える。

そっと扉を開けると、まだぐっすり眠るレオンティーヌを見てほっとして、つい桃のように柔らかそうなほっぺを撫でてしまった。

瞼は閉じているものの、目は動き眉も少し下がる。

これはいかん！と思ったが遅かった。娘の可愛い寝顔を堪能しようと思っていたのに、つい触ったことで、娘が起きてしまった。瞼が三分の一だけ開き、怪訝な表情を見せている。

だが、この少しの開き具合で父だとわかったのか、目をこすりながら「おとーしゃま、おはようでしゅ」と言ってくれたのだ。

「おはよう、レオンティーヌ」

昨日からずっと『おとーしゃま』なのだ。

これから、ずっとそう呼んでもらえるのだなと喜ぶテオドルスだった。

◇□　◇□

王宮に帰ったレオンティーヌは、すぐに家庭教師のヨリックを捜したが、見つからない。

授業の日には来るだろうと思っていたが、いつまで経っても来ないのだ。

オルガに聞いても、「どうしたのかしら？」と何も知らないようである。

もしかして、寝坊をしているのかもしれないと、レオンティーヌ自ら、ヨリックが暮らしている官舎にフウさんと一緒に向かった。

官舎に着くと、一人の男性が親切に、ヨリックの住んでいた所だと、部屋の前まで案内してくれたのだが、『住んでいた』と過去形で話している理由を、なぜか尋ねられなかった。

言葉通り、その部屋の中は空っぽで誰もいない。

男性に訳を聞いたが、言葉を濁すばかりで釈然としないので、ヨリックの前の職場である、王宮図書館に向かうことにした。

だが、ここでも同じように、誰もヨリックがいなくなったこと自体知らないというではないか。

業を煮やしたレオンティーヌは、図書館の館長室へ突撃した。

「レオンティーヌでしゅ。ヨリックしぇんしぇいについて、お聞きしたいことがありましゅ」

ノックと同時に質問するという、王女にあるまじき行動だ。それほど、レオンティーヌは必死だったのだ。

すると、館長が出てきた。

「ヨリックがいなくなった理由をお話ししますので、どうぞ中にお入りください」

館長は、とても困った顔をしながらも、事情をちゃんと話してくれた。

十五歳以上の王族の許可が必要な、入室禁止の部屋を開けて、勝手に入ってしまった責任をとって、王宮の職務違反で解雇され、さらに、王都からも追放になっていたのだ。

「な、なんでヨリックしぇんしぇいが？　わたしが頼んだから？」

この問いに館長は答えず「レオンティーヌ様のせいではありません。ヨリックの覚悟なのです」と繰り返すだけである。

ヨリックのいなくなった理由に到底納得できず、ふらふらになって図書館から出たあと、助けを求めて向かった先は、サミュエルの研究所。

「さ、さびゅエル……ヒック……しゃん……。ヨリックしぇんしぇいのいばじょをじりゃにゃい……ぐすん……ずずず……でじゅぐぁ？……ぐすんすんすん」

研究所に着く頃には、ひどく泣きまくってしゃくりあげていたので、サミュエルにはレオンティーヌのしゃべっている言葉が聞き取れない。

しかし、何を言おうとしているのかは、なんとなくわかった。

「悲しいのは同じです。あの時に、私も一緒に手伝うと言ったあとで、ヨリックさんに私は邪魔だと言われ、一人傷ついて帰ったけど、こうなることがわかっていて、私を追い返したんだ。審議を受ける前に身柄を拘束されたヨリックさんに会いに行ったんだけど、面会を拒否されて会えずにいたら、王都から追放ってなっていて……」

どんどん鼻声になるサミュエルとレオンティーヌは抱き合って泣いていた。

「よし、ぐすん。ヨリックさんを捜しに行きましょう！」

「はい、じぇったいに捜してここに連れもどしましゅ」

二人は強く頷き合うのだった。

すぐさまレオンティーヌは、テオドルスに会いに行った。

鼻を真っ赤にさせたレオンティーヌにテオドルスは驚いたが、それよりもまた呼び方が戻っていたことにも衝撃を受けていた。

「テオドリュス陛下！　お話がありましゅ」

「陛下って、おとーしゃまではないのか？」

自分の甘えがヨリックを追い込んだと思い、『テオドルス陛下』呼びに戻したのだが、その余波はテオドルスに直撃した。

がっくり肩を落とすテオドルスに、レオンティーヌはヨリックの処分した時のいきさつを聞きたいと、鬼気迫る顔で迫る。

テオドルスはそこで、前に館長から違法行為の報告があり、処分した者がヨリックだったと、気がついた。

「パーチ公爵の領地の出発前に、図書館の閲覧禁止区域へ勝手に入った者がいると聞いたのだ。館長からは、とても信頼していた者なので、なんとか寛大な処分にしてほしいと頼まれたのだが、急いでいたこともあって『まずは牢屋に入れて、何を調べようとしていたのか白状させて、悪事に使われた痕跡がないなら、王都から追放しろ』と言ったのだが、まさかそれがヨリックだったとは……」

レオンティーヌはヨリックが牢屋に入れられていたことにショックを受けていた。

ここからはレオンティーヌの勝手な想像なのだが、『白状させて』のくだりでヨリックが拷問に遭ったのだと思い込んでしまう。

レオンティーヌは自分のせいで、尊敬するヨリックがつらい思いをしたなんて耐えられない。

彼女はヨリックに泣きついた自分の言動を許すことができず、自分のことが嫌いになってしまった。

「許しゃれにゃいことをしたわ……。大嫌い！」

レオンティーヌはそう言い残し、ふいっと部屋から飛び出してしまったのだ。

「レオンティーヌ？　ヨリックのことだとわかっていたら――」

テオドルスの声も届かず飛び出した。

残されたテオドルスは膝から崩れ落ち、四つん這《ば》いの体勢で固まっている。こちらも盛大にレオンティーヌの言葉を勘違いして、狼狽《ろうばい》していた。

「そうだ、助けてもらったヨリックを、王都から追放してしまったのだから、許されないことをしてしまった……。どうしたらいいのだ！　レオンティーヌに嫌われてしまったぁぁ」

顔を上げると、目の前にはハイメが気の毒そうな、そして、面倒くさそうな顔でテオドルスを見ていた。

自分のせいでヨリックが拷問に遭ったと、すっかり勘違いしたレオンティーヌは、サミュエルと約束していた場所で落ち合った。

「サミュエルしゃん、ヨリックしぇんしぇいはどこに行ったのかわかりまちたか？」

首を横に振るサミュエルだったが、切羽詰まったレオンティーヌとは対照的に、顔の表情は明るい。

「誰に聞いても故郷はわからなかったんですけど……。でも、ずっとヨリックさんが行ってみたいと言っていた場所がわかったんですよ」

「なんと、しょれはどこでしゅか？」

「ヨリックさんらしい場所でね、エールトマンス国で一番古い図書館です」

その図書館はずいぶん遠いが、レオンティーヌにはフェンリルという強い味方がついている。

なんと、フェンリルが走ってくれると、一時間かからない距離なのだ。

すでにレオンティーヌは出かける気満々で、リュックに色々と詰めていた。

「では、サミュエルしゃんはここで、さようならでしゅ」

「ええ？　ここまで来て、また私を置いていかれるおつもりなのですか？」

不満そうなサミュエルに、レオンティーヌがため息をつきつつ、正論を述べる。

「あのでしゅね。サミュエルしゃんも一緒に行くとなれば、『王女誘拐犯』にされちゃうんでしゅよ？　さしゅがに、これは『これ』でしゅ」

レオンティーヌは手刀で首を切る真似をした。

「しかし、レオンティーヌ様を一人では行かせられません！」

ふんすっと腕組みをして、サミュエルは一歩も退《ひ》かない構えだ。

きっとヨリックの時に一人帰った結果、ああなってしまい、懲《こ》りたサミュエルは、今回はどうあっても譲らないつもりらしい。

両者一歩も退かない攻防が続いていたが、思いもよらないところから、『待った』の声がかかった。

「サミュエル様を連れていっても、王女誘拐とはならないですよ。それに、王女の護衛は私を含め第五騎士団がついていきますので、安心してお出かけください」

「「ひえ？」」

真っ白な髪の毛をなびかせて、ハイメがいつの間にか横に立っていて、レオンティーヌとサミュエルは腰を抜かさんばかりに驚いた。

つまり第五騎士団が動いたということは、テオドルスが外出の許可を出したということである。

「おとーしゃま！　内緒で行こうと思っていたのに……」

自分の償いをしに、単独での行動を考えていたが、実は一人で行くのはちょっと？　いや、だいぶ不安だったので本当に嬉しかった。父が応援してくれているのだと思うと、余計に元気が出る。

当のテオドルスは娘に『大嫌い』と言われたと、枯れ果てていたのだが。

「では、善は急げ、です。参りましょう」

レオンティーヌはハイメの馬に乗せられて、サミュエルは騎士の馬に乗せられて出発。

フェンリルも、並走してついてきているのは、レオンティーヌがいないと不機嫌な聖獣が、手に負えなくなるので、飼育員さんにぜひ一緒に連れていってくださいと懇願されているためである。

何度も休憩を挟みながら約六時間走ったところ、一番古いとされるクストン図書館に着いた。見たところ石造りの簡素な外観で、建坪二十五坪の二階建ての小さな図書館だ。しかし、すべての本棚はきれいに磨かれており、整然と並んでいる。

このきっちりした感じは……。

レオンティーヌとサミュエルは顔を見合わせる。絶対にヨリックの仕事だ。

図書館に誰かが入ってきたと気がついた人物が、二階から階段を下りてきた。

「すみません、私はここの職員ではなくて、今司書が買い物に行っているので本を貸すことはできな……」

羽根箒《はねぼうき》を持ったヨリックが、二人がいるのを見て笑顔を固まらせている。

「にゃんで、勝手にどっかに行っちゃうんでしゅかぁぁぁ‼」

だぁっと、ヨリックに飛びついたレオンティーヌは、絶対に離さないとばかりに叫び、わんわんと泣く。

サミュエルも反対の方から抱きついて、「一人で背負っていなくならないでくださいよ、友達なのに水くさいんですよぉぉ」と、洟をすすり文句たらたら。

初めは何が起きたのかわからず、ヨリックは戸惑っているようだった。ここで離れたら、ヨリックが再びどこかに行きそうで、必死レオンティーヌはくっつく。すると、一緒に引っついていた左のサミュエルはメリッと剥がされ、レオンティーヌは優しく抱き上げられる。

「不安にさせてすみません。きっと司書の身分は剥奪されて、王宮からも出されるのだろうと思ったので、何も言わず去る方がよいと思ったのです。ですが、これほど泣かれるなんて思わず、浅はかな行動だったと反省しています」

「ごべんだざい。わだじのぜいで拷問されちゃったなんてぇぇ」

「ごう、もん？　いえ、されてませんよ？」

ヨリックは、いったいどっからそんなワードが飛び出したのかと笑っている。

「本当に？」

「ええ、本当です」

「よがっだぁぁ。じゃあ、一緒に帰ってくだしゃい！」

レオンティーヌのお願いならば、なんでも聞いてくれるヨリックだったが、この時ばかりは難しい顔をしていた。

「もう、帰れないのですよ」

レオンティーヌは、ハンマーで殴られたような衝撃を受けて、再び大粒の涙を流す。

「ヨリックじぇんじぇいがいなかったら、ぐすんすんすん。誰が本を読んでくれるんでしゅか？」

ヨリックの返答を、レオンティーヌは祈るような気持ちで待っていた。レオンティーヌは本の内容を勝手に吸収するので、ヨリックが家庭教師でいる意味はないのかもしれない。レオンティーヌはヨリックがそれを理由に、いつか自分の前から消えていなくなるのではと、不安に思っていたのだ。

そして、ヨリックがとうとう言いだした。

「でも、レオンティーヌ様はご自身でお読みになれるし……私がいなくても」

「わたしのしぇんしぇいはヨリックしぇんしぇいだけだもん！　怒ってくれるのもヨリックしぇんしぇいだけだもん！」

レオンティーヌの行動で悪いことやいけないことは指摘し、なぜそうなのかの理由もしっかりとヨリックは伝えている。だが、他の人はレオンティーヌの顔色をうかがうばかりなのだ。レオンティーヌはそんな人を、決して先生と呼んではいない。

「やれやれ、今回は私が間違っていました。なんの相談もせずにいなくなって、レオンティーヌ様に悲しい思いをさせてしまったことは、申し訳ございません。ですが、すでに王宮に……王都にすら戻れない身分なので……」

ヨリックが『戻れない』と言った時、ハイメがスッと手紙をヨリックに差し出した。

レオンティーヌは抱っこされたまま、ヨリックが片手で手紙を広げるのを期待の眼差しで見つめている。

手紙を開けた途端、ヨリックの首に抱きつき、レオンティーヌは喜んだ。

しかし、開けただけではわからないヨリックが目を通すと、そこには今回の処遇には誤りがあり、司書の資格を戻すということと、もう一度レオンティーヌの家庭教師に任命する旨が書かれていたのだった。

ヨリックがあまりにも動かないので、彼が本当は辞めたくて落胆しているのかと、レオンティーヌの眉が垂れていく。だが、ヨリックの顔が緩み、笑顔が広がった瞬間、ヨリックも自分の家庭教師でいることを望んでいてくれたのだと、嬉しくなった。そして、もっと強く抱きついたのだった。


ヨリックは思う。

再びこの小さな生徒と、一緒に切磋琢磨《せっさたくま》できるのか。また、大変な毎日が始まるのだな、と。

ヨリックは、自分の首に巻きついた小さな腕を感じて、明日からレオンティーヌに振り回される自分を想像すると、笑顔になっていた。

王宮に戻ってきたレオンティーヌは、最初にしなければならないことがあった。

数々の勝手な行いで、迷惑をかけた父への謝罪と、手を貸してくれたことのお礼である。

テオドルスの執務室の前で、うろうろするレオンティーヌを、護衛の騎士が目で追う。

あまりに勝手をしすぎて、父に怒られるんじゃないかと、ノックする勇気が出ない。

左へ、とことことこ。右へ、とことことこ。

「レオンティーヌ様、お部屋にお入りにならないのですか？」

見かねた護衛が声をかけると、レオンティーヌが「まだ決意が固まってにゃいのでしゅ」とため息。

でも、いつまでもこうしてはいられない、とようやくノックしようとしたら、その前に扉が開き、テオドルスと目が合った。

「お、おとーしゃま。あの……しょの……」

なんと言って謝ろうかと思っていたら、その前にテオドルスから「おかえり」と言われてしまった。

「た、ただいま」

テオドルスにとっては娘の第一声が、『おとーしゃま』だったのでもう満足していたが、まだきちんと謝罪していないレオンティーヌにとっては、喉に何かがひっかかったように気持ちが悪い。

「おとーしゃま、勝手に王宮を出てごめんにゃしゃい。それに、たくしゃん手を貸してくれて、ありがとうごじゃいましゅ」

「いや、こっちもヨリックには世話になったのに、レオンティーヌにも心配させてしまった。

すまない」

二人の仲直りに、扉横の護衛騎士は、ほっこりとその様子を見守っていたのであった。

護衛騎士のつぶやき。

「テオドルス陛下。レオンティーヌ様がいらっしゃった時、焦って扉の前でよく話をされますよね。せめて中でお話しいただけるとありがたいのですが……」

しかし、テオドルスのその癖は直りそうになかった。

間章　おとーしゃま、おめでとう

ヨリックも再び王宮に戻り、穏やかな毎日が続いている。そんな日々の中で、最近テオドルスには気になることがあった。

それはレオンティーヌに尾行されている？ことだ。

今も執務室から出たところで、レオンティーヌが隠れながら……といってもバレバレなのだが、テオドルスのあとをついてくる。

テオドルスが立ち止まると、レオンティーヌも立ち止まる。テオドルスが振り返ると、白々しく目を逸らして、偶然そこにいたように振る舞うのだ。

なんなのだろうと、一人悩むテオドルス。

優秀な宰相で、家でもよきパパと噂されているベルンハルトに尋ねてみた。

「後ろのレオンティーヌは、いったいなんの真似をしているのだろう。わかるか？」

そう言われて、ベルンハルトが後ろを振り返るとレオンティーヌと目が合う。

「あれは、たしか『モグラさん土の中』という昔ながらの遊びですよね。鬼になった子が、『モグラさん土の中』と言い終わったら、振り返るんですが、その時に動いたらモグラ役の子供が負けなんですよ」

その遊びかと思ったが、テオドルスが振り返ってもレオンティーヌはそわそわしていて、常に動いているのだから、その遊びではないとわかる。

「ベルンハルト、それは一〇〇パーセント違うと、さすがに私でもわかるな」

いつも万能な宰相がダメなら、次はヨリックに聞いてみるか、となった。

ヨリックを捜そうと思った時、ちょうどレオンティーヌの授業の時間だと知ったテオドルスは、まるで保護者の授業参観的な気分で、図書館に見に行った。

「どれ、レオンティーヌはちゃんと先生の言うことを、よく聞いて勉強しているかな？」と二人がいる図書館に向かう。

図書館に入ると、二人は読む本を決めている最中のようで、「ああでもない、こうでもない」とくり返している。

そして、なにげにレオンティーヌが高い場所を指差すと、ここで納得したヨリックが、いつものように、ごくごく自然にレオンティーヌを抱っこして、レオンティーヌに本を取らせた。

ただそれだけだ。

なのに、テオドルスはショックを受けてへこみまくる。

いまだに頭を撫でようとしては、手を引っ込めてしまう自分は、何か特別でない限り、普通にレオンティーヌを抱っこしたりできない。

もう一度見ると、レオンティーヌはヨリックに抱っこされたまま本を読んで、楽しげに話をしているではないか。

テオドルスは、よろよろと図書館を後にする。

執務室に戻ると、ベルンハルトが「ヨリックにお聞きになれました？」と尋ねるが、ショックすぎてベルンハルトの質問に、数秒間返事ができなかった。

「……、ああ、レオンティーヌが私をつけてくる理由を聞きに行ったのだったな」

しかし、今からヨリックにレオンティーヌのことを聞くのは、どうも負けた気になり、癪《しゃく》に障る。

「いや、これは私とレオンティーヌの問題だ。私が解決する」

そう言ってヨリックに聞くのは、やめにした。

その夜も、ベッドに潜り込んでくるレオンティーヌに、相好《そうごう》を崩しながら安心して、やはりレオンティーヌが一番に慕っているのは、自分なのだとどこか優越を感じる。

だが、一緒に寝ていてもいまだに自分が潰さないか心配で、レオンティーヌが寝つくと少し離れてしまうのだった。

そして、次の日もレオンティーヌの謎の行動が始まり、テオドルスは頭を悩ませる。

「いったいレオンティーヌは何をしたいのやら……」

ふと漏らしたつぶやきをハイメが聞きつけた。

「陛下は、レオンティーヌ様の不思議な行動の、理由をお知りになりたいのですか？」

質問してきたハイメを見て、テオドルスは手を打った。一番の適任者でしかも、有力な味方を得たテオドルスは、ハイメに手伝ってもらうことを思いついたのだ。

「そうだ、レオンティーヌの動きを知りたかったのだが、ハイメが聞いてきてくれないか？」

ハイメの言うことなら、勝ち負けは関係なく、素直に受け入れられる。

「承知しました。では、それとなくレオンティーヌ様から話を聞き出してきましょう」

すうーっと消えたハイメは、まっすぐにレオンティーヌが隠れている横に移動した。

横にハイメが立っていることを知らず、レオンティーヌは物陰からじぃーっとテオドルスを探っている。

「ふーむ、今日もたいした収穫はなかったでしゅな」

レオンティーヌはがっかりする。その真横で、「何を探っていらっしゃるのですか？」とハイメが質問したせいで、レオンティーヌは、総毛立つほど驚いた。

「ぷおっ！」

「ああ、すみません。つい、いつもの調子で、話しかけちゃいました」

どう考えても、これはうっかりではなく、レオンティーヌを驚かすために、わざとやったに違いない。確信犯にレオンティーヌがじろっと睨むと、ハイメがいたずらっぽく笑う。

「ハイメしゃんは、おとーしゃまに言うので内緒でしゅ。しょれに、今日はハイメしゃんとあしょんであげられましぇん。あっ、おとーしゃまが移動しましゅ」

レオンティーヌは慌ててトテトテと駆けだす。テオドルスにバレバレなのだが、物陰に隠れているつもりなのだろう。必死で移動していた。

いつもなら、大股で移動するテオドルスは、レオンティーヌがつけているため、ゆっくりと歩幅も調節して歩いている。

階段はレオンティーヌが転ばぬように、さらに遅く下りていた。

そんなふうに、尾行対象者に気を使われているとも知らず、レオンティーヌが移動しているのを見て、ハイメはおかしくて笑い出しそうになっている。

「ハイメしゃん、そんなに堂々と立っていたら、おとーしゃまに見つかるではにゃいでしゅか！　私の後ろに隠れてくだしゃい！」

レオンティーヌが言うと、ハイメも素直に観葉植物の後ろに隠れた。

しかし、尾行について他の役人たちは知らないので、何事かと、何度もハイメは質問をされる。

「ハイメ様は、いったい何をされているのです？」

質問のたびに、レオンティーヌが、言ってはいけないと圧力をかけるので、ハイメは適当に答える。

「レオンティーヌ様とかくれんぼだ」

この返事に大概の人は目を見張り、その後生暖かい目で二人を見守るのだった。

しばらく尾行？を続けていたレオンティーヌが疲れてへたり込んでしまう。

「疲れて動けにゃいでしゅ……」

子供特有の、電池が切れたように動かなくなる、という例のやつだ。

「いきなりですね。お部屋まで運んでさしあげましょうか？」

ハイメの申し出に、コクコクと嬉しそうにレオンティーヌは頷く。だが、ハイメは、レオンティーヌに交換条件を出してきた。

「お運びしてもいいですが、それには条件があります。レオンティーヌ様が何を探ろうとしているのか、教えてくださったらお運びしますが、どうされます？」

「うぬぬぬ。卑怯《ひきょう》でしゅわ。こんな幼い子供に交換条件をちゅけるなんて！」

そう言って相手に訴えてみたが、「ほれほれ、どうする？」みたいな目で面白がられている。

「わかりまちた。ではハイメしゃんにあとの任務をたくしましゅ。なので、調理場に運んでくだしゃい」

「クスッ。お腹がすいて動けなかったのですか？　ハイハイ、睨まないでくださいよ。お運びしますし、あとの任務とやらも任せてください」

へたり込んでいたレオンティーヌは、ハイメに抱き上げられ、それと同時に、小さな飴《あめ》を口に放り込まれた。

「それを召し上がって、ちょっと我慢なさってくださいね」

満足げにレオンティーヌは、口の中をカラコロいわせる。

その様子を、少し離れたところで見ていたテオドルスは、再び衝撃を受けていた。

調理場に着いたレオンティーヌは、ハンネスに小さなパンケーキを作ってもらって食べている。

「レオンティーヌ様、お味はどうですか？」

「おいしい。ほっぺが落ちしょうでしゅ」

そんなほわほわな会話にハイメが割り込んだ。

「さて、レオンティーヌ様。さっきのお約束を守ってくださいよ。陛下の何を探ろうとなさっていたのですか？」

「あ、わしゅれてた。パンケーキが甘くておいしくて。あのね、おとーしゃまの誕生日が近づいているでしょ？　だから、おとーしゃまが一番欲しいものをあげたいって思って、秘密裏に探っていたの」

「それでしたら、初めから陛下にお聞きになれば簡単だったのではないですか？」

ハイメの言葉にレオンティーヌがフッと笑い、短い人さし指を立てて、チッチッチと左右に振る。

「プレジェントを開けたおとーしゃまを『これが欲ちかったんだ！　どうちてわかったのだ？』って驚かしぇたいんでしゅよ。サプライズなんだから、聞いちゃダメでしゅよ！」

陛下の一番欲しいものなんて、近くにいる者ならば、ほとんど全員が知っている。

「……わかりました。じゃあ、私がこっそり調べておきますね」

「よろしくお願いしましゅ」

レオンティーヌにお願いされた二重スパイは、本来の依頼人のもとに戻った。


「ただいま戻りました」

執務室に戻ったハイメは、テオドルスに「さっきはなぜレオンティーヌを抱っこしていた？」と詰め寄られる。

「せっかく掴んだ情報をお伝えしなくてよろしいですか？」

ハイメは冷たく返した。テオドルスはぐうの音も出ず、抱っこの件は黙認を決めたようだ。

「それで、レオンティーヌは何をしていたのだ？」

「すごく可愛いことでしたよ」

「それで、それはなんだったのだ？」

ハイメは少し考えてから、レオンティーヌの真剣な顔を思い出して微笑む。

「スパイは裏切ることもあるんですよ。私は依頼主をレオンティーヌ様に鞍替《くらが》えしたので、それについてはお答えできません。では」

それだけ言うと、ハイメは執務室から華麗に消えた。

「おい、それはないだろう？」

テオドルスが叫んでいたが、ハイメが戻ることはない。なんせ可愛い依頼主を裏切ることはできないのだから。


テオドルスの誕生日の晩餐会。多くの招待客がすっかり帰ったあと。

もじもじしているレオンティーヌが、可愛い袋をテオドルスに手渡す。

「ん？　これは？」

「おとーしゃまの誕生日プレジェントでしゅ」

袋を開けると、そこには真っ白なハンカチに、可愛い小さな『T』の文字の刺繍《ししゅう》がしてあった。

「へたっぴだけど、わたしが侍女しゃんと一緒に刺したの」

『どう？』と心配そうに覗き込むレオンティーヌが可愛くて、涙が出そうになった。

「それと、もう一個ありゅの」

「まだあるのか？」

「うん、おとーしゃま抱っこして」

え？っと驚き戸惑いつつも、レオンティーヌを抱き上げる。

そうしたら、レオンティーヌがほっぺにキスをして「おとーしゃま、お誕生日おめれとうごじゃいましゅ」と言ってくれたではないか。

「あ、ありがとう。ハンカチもキスも言葉も、私にとって最高のプレゼントだ」

レオンティーヌは喜んでもらえたことで、えへへと照れ笑いをしつつ、「ハイメしゃんに、おとーしゃまの欲しいプレジェントを調べてもらったの。喜んでもらってよかったでしゅ」

テオドルスは、国の情報機関トップの仕事に感謝していた。

（ハイメ。ありがとう！）

心の底から旧友の計らいに感謝していたのである。

第八章　出でよ、風魔法！「ん？」

宿題を出されていたのを、すっかり忘れていたレオンティーヌは、腕組みする鬼教師に睨まれながら、クレヨンを持って『今まで見た魔法』の絵を描いている。

ちゃんと宿題のお絵描きをする気でいたのに、少し前にお散歩途中の庭園で拾った絵本が面白くて、ついつい読みすぎたり、お昼寝しすぎたりで、宿題を後回しにして忘れていたのだ。

「ヨリックしぇんしぇい、疲れたので休憩したいでしゅ」

ヨリックが眉間のシワを動かさず、壁掛け時計を見てあからさまなため息をつく。

「始めてから、四分しか経っていませんが？」

「ほえ？　三十分はとうに過ぎたと思ってたー。てへっ」

「輪っかを一つ描いただけで三十分が経過したと、本当にお考えですか？」

「いえ、思ってましぇんでしゅ」

幼児の可愛い冗談にも、厳しい返しをするヨリックに、レオンティーヌも背筋を伸ばす。

以前見たテオドルスが風魔法を使った時の竜巻の絵を描こうと思ったのだが、『丸』を一つ描いて、筆が止まったのだ。

（風って目に見えないし、絵に描くなんて無理じゃないの？）

心の中でぶう垂れていた時に、属性について気がついた。

「ありぇ？　火、水、風、土、光、緑はあるのに闇はにゃいの？」

前世で本を読みあさった知識では、なくてはならない闇属性。

「闇？　属性……ですか？」

ヨリックは少し考えてからキッパリ言いきる。

「ないですね！」

（なんですと？　かっこいい主人公が黒い衣装を身にまとい、『ダークほにゃらら』と叫ぶのは鉄板なのに？）

レオンティーヌは自分の属性について、知ろうとするのは諦めていた。腕の属性の模様はいまだによくわからないままなのだ。もしかしたら、この世界で史上初の『闇属性』かもしれないと期待したが、ヨリックが思ってもみない属性を話しだした。

「では、属性の話が出ましたが、まず初めに、レオンティーヌ様の属性について、私の見解をお話ししたい。レオンティーヌ様の属性は今までにないもので、例えば、知識を取り込んでいたことが、一つの属性ではないかと考えています」

今までにないと言われてもピンとこない。レオンティーヌは首をかしげる。

「レオンティーヌ様の新しい属性について、研究をしていつか論文を発表します。そうなれば、きっと……」

ヨリックが言葉を切った。

すでに、レオンティーヌは王宮で高い評価を得ている。だが、レオンティーヌの属性がはっきりすれば、レオンティーヌは王女として何者にも誹謗《ひぼう》中傷されることはなくなるだろう。

新しい可能性にレオンティーヌが喜んでいると、パンとヨリックが手を打った。

「さあ、それでは魔力量を測定してみましょう。では、この黒いガラスの玉に、ゆっくりと触ってください」

ヨリックが鞄から出したのは、中で黒煙が渦を巻いている、直径二〇センチのガラスの玉。

「この黒い煙がどれほどなくなるかで、魔力量を測定するのです。では、ガラスの玉の上部に手を置いてくださいね」

「わかったでしゅ！」

パリンッ！

黒い玉は真っ二つに割れた。

「へ？」

「なぜ割れたのだろう？　もしかしたらもう経年劣化していたのかな？　大丈夫、もう一つ予備があるから待ってください」

ヨリックはもう一つ同じものを出して、机に載せた。

「では、今度こそ、測定できますよ」

「はーい」

パリンッ！

「「……」」

「レオンティーヌ様とこのガラス玉との相性が悪かったのかな？　今度は玉の中に、水が入ったもので確かめましょう。薄い水色が、深海のように濃い紺色になればなるほど、魔力量が高いのです。では、触れてみてください」

「は、はい」

レオンティーヌはごくりと唾をのみ込み、慎重に触れた。

バリバリッ！　バシャッ。

机の上が水浸しに……。

「……レオンティーヌ様……。最終手段です。この虹色のスティックを持ってください。この矢印のような針が、上に上がれば上がるほど魔力量が高くなります」

「へー。しょうなんでしゅか？　では、今度こしょ！」

スタンッ！

レオンティーヌが触れるか触れないかくらいで、スティックにあった針がヨリックの後ろの壁に突き刺さった。

「……ヨリックしぇんしぇい、もうちょっとで針が、しぇんしぇいのおでこに突き刺さってまちたね」

ようやくヨリックが測定を諦めた。

「ふっ。数値などどうでもよいことだ。魔力量の多いのはわかったのだから、それで十分だ」

「魔力がなかったらどうしようと思っていたので、あってよかったでしゅ。」

ヨリックの額にある青筋に注意しながら、言葉を選んでレオンティーヌも測定を諦め、雰囲気を変えるために、他の話題を振ってみる。

「しょれより、わたしのぞくせいは、この腕の模様以外にちゃんと使えるのはにゃいのかにゃ？」

属性の話に、ヨリックの青筋も消えて、話は戻った。

「レオンティーヌ様の父君であらせられる陛下は、風と水の二つの属性をお持ちである。そして母君のライラ様は、代々緑の家系だったので、レオンティーヌ様も他の属性をお持ちになっている可能性は十分に考えられますよ」

「しょれが、ぞくせい遺伝でしゅね」

えっへんと胸を張って答える。まだ絵は『丸』が二つに増えただけだが……。

「まじゅ、かっこいい魔法を使いたいでしゅ！」

そう言ってわくわく顔をヨリックに向ける。ヨリックに宿題のことを言われるかと思ったが、意外にもすんなりレオンティーヌの意見をくみ取ってくれた。

「じゃあ、まずは風魔法の使い方の本を開いてください」

ヨリックに渡された、『風魔法初級編～まずはそよ風からやってみよう！』というタイトルの本を開いてインプット。

風魔法はテオドルスの属性だ。これで自分も風魔法が使えればどんなに喜んでくれるだろう。一緒に木々を揺らしたり、風鈴を鳴らしたりと夢が広がる。

よし、準備はオッケーとばかりにレオンティーヌが、ヨリックに頷く。

「では、まず詠唱して紙を揺らしてみましょう」

ヨリックがレオンティーヌから三歩離れた場所で、細い短冊のような薄い紙をつまむように持っている。

そんなの簡単だわ、と意気込んで覚えたばかりの言葉をアウトプット。

『大気よ、穏やかに我が頬をくすぐらん』

レオンティーヌの体から金色の糸が出てくる……はずが全く出てこない。

それに、目の前の短冊も、全く揺れる気配すら見せないではないか。

「ん？　どちて？　こら、揺れろ！」

……ひらりとも動かない。

「むきーー！　揺れなちゃい！」

……むきになるレオンティーヌとは真逆に、すんっとしている短冊。

力みすぎて、肩で息を切らしているレオンティーヌの諦めが珍しく早く、落ち込みが激しい。

「ダメだ……。わたしには、きっと風のぞくせいはにゃいんでしゅよ。せっかくおとーしゃまと一緒に風を吹かしぇると思ったのに……」

「いや、風属性はある。しかし、子供が初めての風船を膨らませられないように、コツというものを理解していないと、難しいのかもしれないな」

「はあ、コツでしゅか？」

ヨリックは自分の緑属性をレオンティーヌに見せるために、そばの箱を机の上に置く。

『強き蔦よ、箱を守りたまえ』

ヨリックが言い終わらぬうちに、細い蔦がその箱に何重にも巻きついて、開けることができなくなった。

「しゅごいでしゅ！」

レオンティーヌは箱を繁々《しげしげ》と見つめ、まずは蔦を引っ張ってみた。

だが、全く切れそうにない。

「施錠に使う魔法ですが、初級ならばこのように小さいことから始めます」

繁々と蔦の絡まった箱を見ていて、先ほどヨリックがレオンティーヌの母も緑の家系だと言っていたことを思い出し、俄然やる気になる。

「ヨリックしぇんしぇい！　この蔦の魔法をやってみてもいいでしゅか？」

「ええ、もちろん。ではこの小箱でやってみてください」

ヨリックも、ライラに似ているレオンティーヌならば、緑の属性を引き継いでいるかもしれないと、期待する。

レオンティーヌは再び妄想《もうそう》し始めた。『ライラと同じ緑の魔法が使えるのか。さすが我が娘だ！』なんて言われるかもしれない。喜ぶテオドルスの顔を想像しながら緑魔法を唱えてみる。

だが、残念な結果に終わった。

またも「ふおーー！　蔦よ！　伸びろぉぉぉ」と叫んでも力んでも、うんともすんともいわない。

「緑も……緑もにゃいのか……。いや、諦めちゃダメだ。まだおとーしゃまの、水ぞくせいが残っているもの！」

「そうですね。水は難しいのですが、レオンティーヌ様の魔力量なら、発動できるかもしれません。やってみましょう！」

ヨリックの『難しい』という言葉に、少し怯むも、今度こそと意気込む。

「……ダメだった。できなかったでしゅ……」

一滴の水も出ず、萎《しお》れるレオンティーヌに、ヨリックが優しく慰める。

「本来、魔法を覚え始めるのは五歳になってからです。だから、焦らないでくださいね」

「う、うん……。わかりまちた」

意気込んだぶん、ショックも大きかったのだが、いじけていても仕方ないと割りきった。

「ヨリックしぇんしぇい！　五歳までには、魔法を使えるようにしましゅね！」

レオンティーヌに笑みが戻る。もちろん、空元気だが。それを見たヨリックは、安堵すると同時に、レオンティーヌの心の強さにも驚かされた。

「きっと、レオンティーヌ様ならば、すぐに魔法を使えるようになります。それに、瞳が光っているということは、魔法を出す準備は、できているのだと思います。あとはタイミングだけでしょう」

ヨリックのお墨付きをもらったなら、大丈夫だ。いつだってヨリックの言う通りになったのだから。

「はーい、がんばりましゅ！」

今日一番の返事をし、元気そうなレオンティーヌだったが、実は不可解なことが彼女の身に起きている。


そのことで、夜にテオドルスとオルガとヨリックの話し合いがあった。

実は近頃日中のレオンティーヌは、ぼーっとしていることが多く、またうとうとと、うたた寝することが増えたのだ。

テオドルスもベッドに入ったレオンティーヌが、一瞬で眠りにつくことがあり、寝つきがよくなったと考えていたのだが、気絶するように眠ることから違和感を覚え始めていた。

しかし、医師のコルンバーノに診せたが、健康上なんの問題もないことから、レオンティーヌに少しでも変化があれば、情報を共有しようということで、話し合いは終了したのだ。今のところレオンティーヌに変わりがないために、深く議論することなく解散となってしまう。


その数日後、サミュエルがレオンティーヌの朝食時に突撃してきた。

「レオンティーヌ様！　探していただきたいっていうか、ご存じでしたら教えてください！　麦畑で謎の被害が出ているんです！」

サミュエルは、まとめたレポートと現地で見てきたスケッチと、そこで取ってきた謎の黒い豆粒が入ったガラスの標本瓶を差し出す。

標本瓶の中で、黒い豆がゆっくりスススと移動する。つるんとした黒いスライムみたいだが、小麦を食べるスライムは今までいなかった。

しかし、今回見つかったこの黒いスライムは、麦の穂に引っついて枯らしていくのだ。

「その被害が拡大するスピードが速いので、早急の対策が必要なんです。お知恵をお貸しください！」

サミュエルの沈痛な面持ちで、事の重大さと早急性がわかり、レオンティーヌは今まで見てきた書物を脳の中で総ざらいする。

「しゅみましぇん、サミュエルしゃん。その黒いのも、症例も、今まで見た書物を探したのでしゅが、見当たりましぇんでした……」

レオンティーヌが申し訳なさそうに結果を報告すると、サミュエルは目に見えて肩を落とした。

それはそうだ。この謎の生物が広がれば、この国の食糧難は避けられない。

「じゃあ、皆でこのせいぶつの弱点を調べまちょう！」

『皆』とは国王を含む、聖獣の時にもめた、例の生物学者一同といつもの面々だ。

鶴の一声ならぬ、レオンティーヌの一声に、生物学者が一斉に集まった。

集まった場所は、サミュエルの研究所。

初めて見る黒い豆状スライムに、一同は目を凝らして見ていたが、すぐに皆が腕を組んで険しい表情になった。

誰も一言も発しないのは、やはり未知の生物なのだろう。

一人の学者がポツリと漏らす。

「そもそも、レオンティーヌ様がご存じなければ、誰もわからないのでは？」

なんとも気弱な発言に、テオドルスが頭を下げ、重く低い声で頼んだ。

「この生物が何か、今はわからなくてもいい。被害を食い止めるための策を、考えてほしい」

恐ろしいと思っていた国王の、その真摯な態度に、驚いた学者たちが、背筋を伸ばして立ち上がる。

「もちろんです、我ら身命を賭して、解決方法を見つけます！」

国民の食糧が、自分たちに懸かっていると思うと背筋を伸ばし、ネガティブな思考をはねのけた。

こうなると、やはり学者魂はすごかった。人体に害は及ばないが、その謎のスライムだけには効果がありそうな、あらゆる薬剤を考えた。

だが、効果はない。どんな薬剤をかけても、謎のスライムは元気に与えられた麦を枯らしていくのだ。

今のところ火に弱いということはわかったのだが、麦にベッタリとくっついているので、焼くわけにもいかない。

八方塞がりで学者の一人が、大きくため息をついた。

「何かいい案はないのかぁ。はぁぁぁ」

そのため息で、麦からぺろんと離れ、飛ばされる謎スライム。

「……んん？　こんな微風で飛ばしゃれるの？」

「なるほど！　麦を食べ尽くしたら、風に乗って次の場所に移動するのか。それにしても、くっつく力が弱いのだな」

テオドルスの言葉にレオンティーヌがハッと思いつき、テオドルスと学者たちの顔を交互に見て、口だけはくはくさせている。

「どうしたのだ？　落ち着け！　レオンティーヌ」

父の言葉に頷き、焦っていた気持ちを沈静化させるため、二度ほど深呼吸して話しだした。

「では、言いましゅ。まず、おとーしゃまが風魔法で、竜巻を起こし、そのせいぶつを麦から剥がして、上空に集めるんでしゅ。そこに、ルノしゃんの、えげつにゃい炎攻撃を浴びせれば、一網打尽でしゅ！」

言い終わったあと、あまりにもしーんとしたので、自分が馬鹿な意見を言ってしまったのかと、小さくなった。

だが、学者の一人がパチパチと拍手をすると、他の学者も「素晴らしい考えだ！」と大絶賛。

ほっとすると同時に、横のテオドルスを見ると、誇らしそうにレオンティーヌを見てくれていたのが嬉しかった。

「うむ、この策で被害を食い止められるか、とにかく実践あるのみだ」

テオドルスは、すぐに聖獣インフェルノドラゴンのいる場所に向かったのだが……。

インフェルノドラゴンのルノさんはすっかり大きくなって、真っ赤な体からは大きな翼が生え、さらに長い尻尾まで測ると、約六メートルに成長していた。

だが、まだ成長期途中の子供らしい。そのせいか、テオドルスと二人で現地に行くのを、鳴いて嫌がったため、レオンティーヌも一緒に行くことになった。

謎の黒スライムの被害に遭っている場所に来たのだが、麦畑の麦の穂にくっついているせいで、一面の黒い麦畑という、無残なことになっていた。

研究所でやったようにフッと息を吹きかけると、ふわりと飛んで落ちる。

「うむ、これなら私の風魔法で集められるな！　インフェルノドラゴンよ、頼んだぞ！」

レオンティーヌがそばにいると、ルノさんは、機嫌がいい。

怖い存在のテオドルスの言葉にも、楽しそうに「グオオ」と短く返事。

麦畑の真ん中に入ったテオドルスは、自分を台風の目にして風を巻き起こす。

すぐに効果は現れ、麦にこびりついていた謎の黒スライムは、一斉に風にあおられて舞い上がっていく。

すべてのスライムが麦から離れたところを、今度は器用に一つに集める。

「ふおおお。おとーしゃま、しゅごいでしゅ。あっという間に『なじょの黒スライム』が集まった！」

レオンティーヌは興奮して叫んだ。その言葉にテオドルスも自然と力が入る。

その様子を羨ましげに見ていたルノさん。

テオドルスは、謎の黒スライムをすべて集めたところで、風を操り、麦畑から出て、安全な場所に移動するはずだった。

だが、先ほどからレオンティーヌに褒めてもらいたくて、うずうずしていた甘えん坊ドラゴンがやらかしてしまう。

なんと、まだ麦畑の上空にあった謎の黒スライムに向かって、現在自分が使える最大魔法である『インフェルノ・フレア』を放ったのだ。

この魔法、中範囲の攻撃で、目的物に向かって太陽のフレアような炎柱で焼きつくすほどの威力である。

火に弱かった謎の黒スライムは、すっかり焼きつくされたのだが、問題はこのあとだった。

繊細にバランスを取っていたテオドルスの風魔法が、横からの強い炎によって乱れ、燃えたままの黒スライムが、火をつけたまま麦畑に落ちていく。

「いかん！　このままでは実った麦に火がついてしまう」

テオドルスが、慌てて竜巻を操りつつ、水魔法を使い、麦畑の上を覆うように水の膜を広げていく。それはまるで水のカーペットのように見えた。

そこに落ちた炎に包まれた黒スライムは、ジュウウと音を立てて鎮火していく。

だが、ここで運悪く、強めの自然の風が吹き、さらに火の粉をまとった黒スライムのまとまりが広がって落ちてきた。

すでに手いっぱいだったテオドルスだが、さらに水の膜を広範囲に張るため魔法を広げる。

しかし、広げすぎて、テオドルスの魔力が尽きてしまいそうだ。

もう、限界が近いのかもしれない。テオドルスの額には汗が滲《にじ》んで、表情も苦しそうだ。

父親の苦しそうな表情に気がついたレオンティーヌは、何が起こっているのかすぐに察した。

「もしかして、おとーしゃまの魔力量が……？」

以前に、自分が本の読みすぎで魔力が尽きそうになった時に聞いた、魔力切れは恐ろしいものので、命の危険もある、というオルガの言葉を思い出した。

「おとーしゃま、麦は諦めてくだしゃい！」

玉のような汗を額に浮かべながらも、レオンティーヌを安心させるためか、テオドルスは笑ってみせる。

「はは、このくらい余裕だよ。だが、レオンティーヌは、すぐにこの麦畑から少し離れていておくれ」

これは、もし火がついてしまった場合を見越しての発言だ。

そんなことを言われて、尻尾を巻いて逃げるレオンティーヌではない。

「うぬぬ、なんかいい方法を、思いちゅいてみしぇましゅ！」

唸った途端、先日ヨリックに見せてもらった『簡単、魔法学の第一歩』という本が脳内でペラペラとめくられ、目次のあとの一二ページが開いた。

『初めに魔力を人に注いでもらいましょう。その感覚を覚えたら、今度は他の人に魔力を注いでみましょう。これができたら……』

「おとーしゃま！　わたしの魔力を受け取ってくだしゃい！」

すぐにテオドルスの手を繋いで、本に書かれていた手順通りに、自分の魔力を父に注いでいった。

だが、初めてのことで少し加減というものがわからず、遮二無二注入。

一気に注入された魔力量にテオドルスが驚く。

「すごい量で、酔いそうだ……。少しずつを意識してくれ！」

「ふお？　わかりまちた！　こんなかにゃ？」

加減を調整し、テオドルスの顔を見ながら適度な量を流した。

「うむ、ちょうどいい。レオンティーヌも無理をするなよ」

テオドルスに心配されるが、本を読むことで、どんどんと魔力量を増やす、筋トレならぬ魔力トレーニングに励んでいた身としては、あり余るほどに魔力を持っていた。

「大丈夫でしゅ」

とは言ったものの、さすがに無尽蔵ではない。

減っていく魔力に体のだるさを感じたが、父には余裕の笑顔を見せる。しかし、少しふらつくと、その異変を感じたテオドルスが、レオンティーヌからの魔力の供給をストップさせた。

「わたしはまだ、大丈夫でしゅ！」

無理に笑顔を作っていたが、父にはなんでもお見通しだったようだ。

「無理はするな。十分に手伝ってもらったから、あとは大丈夫だ」

そう言うとテオドルスが残りの魔力を出しきる勢いで風魔法と水魔法を使い、麦畑の上を水の膜で覆い尽くしたのだ。

やはり父はすごかった。最初にあれほど魔力を使ったのに、少しの補給で繊細な魔法を操り出し続ける持久力は圧巻で、レオンティーヌは胸が熱くなり自分の父のすごさを誇らしく思う。

だが、その気持ちはテオドルスも同じだったようだ。すべてが終わるとレオンティーヌは何度も頭を撫でられて、すぐにテオドルスの肩に担がれた。まるでレオンティーヌを自慢するように。

親子が頑張った結果、麦畑は無事守ることができたし、その活躍を見ていた人々によって、仲睦《むつ》まじい親子の姿が微笑ましく語られ、テオドルスが怖いという噂も緩和されていった。


ひとまず、黒スライムの脅威から麦畑を救った親子は、レオンティーヌが疲れているだろうと早めにベッドに入った。

「おとーしゃまは、いいなぁ。魔法が使えて……」

その言葉に驚いたのはテオドルスだ。今日、レオンティーヌの多すぎる魔力量を目の当たりにしたばかりだ。

それなのに、魔法が使えないとはいったいどういうことか？と、愛娘を凝視してしまった。

しかも、可愛い娘がそれに対しすっかり自信をなくしているようで、なんとかしてやりたくなる。

「魔法をいくつか試して、それでどれも発動しなかったのか？」

その言葉は、『全然ダメだったのか？』という意味にもとれて、さらにレオンティーヌはベッドの上で小さくなった。

「じぇんぶ、発動しなかったの……」

失言したと気がついたテオドルスは、慌ててレオンティーヌをあぐらの上にのせて、言い換える。

「レオンティーヌには、誰も知らない固有の属性があるんじゃないかと私は思っている」

「おお！　ヨリックしぇんしぇいにも、同じことを言われまちたよ」

「そ、そうか。ヨリックが……」

ヨリックと同じ意見で、しかも向こうの方が先に気がついたのかと、テオドルスの表情は『してやられた』と渋い顔になった。が、テオドルスの考えは、ヨリックよりもさらに踏み込んだ考察だった。

「今までは『火、水、緑、光、土、風』の六属性に限られていたが、レオンティーヌの属性は自然に由来しないものじゃないかと思っているんだ。例えば『入力』して、それを『知識活用』したり、新しい魔法を組み合わせたり、とにかく今までにない、新しい属性を示しているはずだ」

「新しいぞくせい……。あるのかにゃ？」

　まだ仮説の域を出ないことに、レオンティーヌは不安げである。すぐにレオンティーヌを安心させるように、言葉を続けた。

「それと今日、レオンティーヌの魔力を感じて、私と同じ属性を持っているのではないか、と思ったのだ。だから、風魔法は使えると思うぞ」

　父と一緒、という言葉にレオンティーヌの顔は、ぱあっと明るくなった。

「ほんと？　本当に？」

「ああ、本当だ。一度、ヨリックに教わった通りに、やって見せてくれないか？」

　テオドルスは、近くにあった紙をびりびりと破いて、即席短冊を作り、レオンティーヌの前に垂らした。

「うん！　見てて」と張りきって試すが、結果は変わらず。

　うんうん唸ったのに、テオドルスが持っていた紙は、ひらりとも揺れない。

「わたし、魔力だけいっぱい……。使えにゃいなんて……」

　テオドルスはその消沈した様子を見て、優しく頭を撫でながら、励ました。

「レオンティーヌは、イメージがうまくできていないのだよ」

「イメージ？」

首をこてんと傾ける愛らしい行動に、テオドルスは、頭を撫でる手が止まらない。

「いいかい。魔法はイメージだよ。例えば、小さな風を起こそうとするなら、扇子を開いて、一度振ると風は起こるだろう？　そんなふうに、想像しながら、そよ風を起こしてごらん」

テオドルスの言った通りに、まずは扇子を想像しているのか、レオンティーヌは意識を集中させている。

（よし、自分のお気に入りの青い扇子を、小さく一振りしてみよう！）

レオンティーヌは頭の中で小さな扇子を思い描き、小さく振ってみると、目の前の短冊が小さくだが、ふわっと揺れた。

（鼻息で揺れたんじゃないよね？）

確信が持てないレオンティーヌに、テオドルスがはっきりと証明した。

「今のはちゃんとした風魔法だよ。やはり、レオンティーヌは私と同じ風魔法が使えたのだな」

「おとーしゃまと一緒なのね！　えへへ、嬉しいなぁ」

「ああ、一緒だ」

二人は喜んだ。で、ここでやめておけばよかったのだが、喜んだ二人は水魔法もいけるんじゃないかという話になった。

そう、ベッドの上で、だ。

「いいかい、今度も、水に関する想像をしてみてごらん」

「はーい！」

レオンティーヌは想像してみた。前世にプールで遊んだことを。

（楽しかったなぁー。シャワーしたり、回るプールに、スライダーですべったり。一番好きなのはえーとなんだっけ……。そうだ思い出した！　バケツスプラッシュだ！）

ザッッパアァァーーン‼

寝室のベッドの真上から、バケツスプラッシュと同量の水が降ってきてしまった！

「わあああああ‼」

「きゃあああああ‼」

二人が乳母と侍女たちに怒られたのはいうまでもない。

第九章　主人公はレオンティーヌ！

レオンティーヌは、真っ青な空を眺めている。

「気持ちいい天気だぁー」

その横で、大量のシーツや洗濯物がはためいていた。

昨日の水魔法の成果のあとだ。

「いやー、昨日はじちゅに驚きまちたね」

レオンティーヌが悪気もなく、オルガにホクホクしながら話している。

「もう、レオンティーヌ様ったら、全く反省なさっていないんじゃないですか？」

「しょんなことにゃいでしゅ。しゅっごくはんしぇいしてましゅよ？」

反省をしていると言いつつも、実際には満足げだ。

父と同じ風属性と水属性を持っていると思い出すだけで、顔がにんまりしてくるのだ。

「お部屋の中での魔法は、気をつけて発動してくださいね。特に水魔法は、建物内では禁止ですよ！」

「はーい！」

のんきに返事をしているが、侍女たちは本当に大変だった。

そのことについては、本当に反省していて、シーツが早く乾くように、今も風魔法でお手伝いをしているのである。

まあ、お手伝いと称して、初心者マークのレオンティーヌが、魔法を使いたくてしているだけなのだが。

そんなレオンティーヌを、オルガもミーナたちも、自分たちの仕事が増えたのに、温かい眼差しで見守ってくれていた。

「レオンティーヌ様、そろそろヨリック先生の授業ですよ」

侍女に促され、授業を受けるために、自室に元気よく戻る。

「おはようございましゅ！　ヨリックしぇんしぇい！」

「おはようございます、レオンティーヌ様」

レオンティーヌは挨拶を終え、早速昨日できた魔法をヨリックに報告する。

「うふふ、ヨリックしぇんしぇい。驚かにゃいでくだしゃいよ」

もったいぶってから、少し胸を張って得意気に人さし指を出して、頭で風のイメージを考えた。

（えっと、扇子をパタパタっと）

ヨリックに向けてそよ風を送る。

そよそよ～。

「よくできましたね、水魔法も発動できたと聞いていますよ」

せっかく驚かせようと思っていたのに、すべて先に知られていたことにショックを受ける。

「にゃんで、知ってるの？」

ニヤッと笑うヨリック。

「そりゃ、皆が知っていますよ。昨夜は寝室に、水を大量にぶちまけたそうじゃないですか。大騒ぎだったらしいですね」

当たり前だが、夜にあれだけバタバタしていて、当直の侍女だけじゃ片づかないので、宿舎の侍女まで駆り出されたなら、皆知っているだろう。

ヨリックにも怒られると思ったレオンティーヌは、ここでも小さくなって、上目遣いで、ヨリックの出方をうかがっている。

「怒りませんよ。だって、レオンティーヌ様は反省なさったと思いますし、これからは気をつけてくだされば、大丈夫です」

ヨリックからのお説教もなく、今日は珍しく魔法に関する絵本をインプットするだけに終わり、散歩することになった。

「さっきの絵本は、面白かったでしゅ」

「あの本は、魔法の始まりの本なのですよ。魔法は欲望から生まれたのではなく、ある人物が、家族を助けたいと思った心から、ある日突然生まれたと伝えられています。魔法が使えるようになったレオンティーヌ様にも、誰かのために魔法を使っていただきたくて、あの本を今日は読んでいただきました」

眼鏡越しの穏やかな眼差しを見て、レオンティーヌは確信した。

「……ヨリックしぇんしぇい。わたしね、やっぱり、家庭教師のしぇんしぇいがヨリックしぇんしぇいで本当によかったって思いましゅ」

「ははは、それは光栄ですね」

そう話して散歩しているうちに、『ぐうう』とお腹が鳴る。

「おや、少し長く散歩しすぎたのでしょうか？　それではこのままハンネス料理長のもとにお送りしましょう」

お腹がすいて歩くスピードが遅くなったレオンティーヌは、ヨリックに抱っこされて、調理場に向かった。

散歩に出る前にヨリックが、侍女に連絡を頼んでいたおかげで、ハンネスがおやつの準備をして待っていてくれた。

「ハンネスしゃん、喉が渇いたの。しょれと、もし、おやつがあったら……欲しいなぁー」

わくわくとした顔で頼まれれば、レオンティーヌに甘いハンネスのこと、すでに用意してあったおやつを出してくれる。

「はい、レモネードと、前にレオンティーヌ様がおっしゃっていた、パンですよ」

出されたのは丸いポンデケージョ。

「わたしがちょっと言っただけなのに、もっちもちのパンになっているでしゅ」

一口食べてわかる、もちもち感につい感嘆してしまうと、シェフたちも後ろでハイタッチをしていた。

「日々の研究ありがとうごじゃいましゅ」

「はい、これからもレオンティーヌ様に喜んでいただけるように、料理を研究してまいりますよ！」

頼もしい言葉に、「楽しみでしゅ！」と喜ぶレオンティーヌだった。


その後、フウさんとルノさんとひとしきり遊んでから住居棟に戻ってきた。

自室で午睡タイム突入だ。と思ったが、その前に以前拾ってから、お気に入りになった絵本を広げた。

この本は広げても、一瞬で読み終わることがなく、地道に挿絵を堪能しながら文字を読まないと次のページがめくれない。

しかし、あまりにも面白い内容なので、ページを一枚一枚めくりその先の展開が楽しみでならないのだ。そのために、ついついお昼寝もしないで、本を読んでしまうことが多くなった。

しかも、日を追うごとに、その内容にはまっていき、止められそうにない。

お昼寝前に少し読むだけのつもりが、再び熱中して、ページをめくる。だが、レオンティーヌは魔力を消費して本を読むために、たとえ絵本だとしても体が疲れてくるのだが、その魔力が減る速さはいつもの倍以上に感じた。しかし、体の疲れに反して絵本を読み続けてしまう。


すっかり日も落ちて夕食の時間になった。

いつもなら、言われずともダイニングルームの椅子に行儀よく座って、テオドルスと並んで料理が運ばれてくるのを待っているはずのレオンティーヌが、いまだに姿を現さない。

テオドルスが、席に着いて待っているため、オルガが急ぎレオンティーヌを呼びに行った。

最近お昼寝の時間が長くなっているので、まだ寝ているのだろうと、軽く考えていたテオドルスだったが、オルガのけたたましい声で異常を知る。

レオンティーヌの自室に入ったテオドルスは、必死でレオンティーヌの名を呼んで、起こそうとするオルガの姿を目にした。

「レオンティーヌ様！　起きてください！　レオンティーヌ様！」

普段は冷静なオルガの尋常ではない取り乱し方に、最悪の事態が頭をよぎったが、聞こえてきたのはすやすやと眠るレオンティーヌの寝息だった。

だが、これほどオルガが泣き叫んでいるのに、固く閉じられた瞳は開くことがない。

「これは、いったい……レオンティーヌの身に何が起きているのだ?」

すぐに近寄り、レオンティーヌの名前を呼んでみたが、全く起きる様子はなかった。

「くっ……」

病気ではない。これは誰かがレオンティーヌを罠にはめたのだと気づき、ぎりっと歯が折れそうになるまで、噛みしめる。

「すぐに、コルンバーノとヨリックと、ハイメをここに呼べ!」

それだけ言うと、再び眠る愛娘をじっと見つめるのだった。


呼ばれたコルンバーノ医師の見解は、やはり体に異常は見られないとのこと。

「ヨリックは昨日も授業をしていたようだが、レオンティーヌに何か変わった点はあったか?」

テオドルスに質問されたが、死人のように眠っている可愛い生徒を見て、動揺を隠しきれない。

「……え? ああ、昨日ですか……。昨日は……私たちは何をしていたのだろう? えっと、そうだ、いつものように私が選んだ本を数冊読んで、それについてたわいもない話をしていました」

冷静さがなくなったヨリックは、思い出すのもやっとなほど、レオンティーヌの顔を見ながらポツリポツリと話す。

なんの手がかりもない状況で、重い沈黙が訪れた。だが、その時に風もないのに、ベッドサイドテーブルの上に置かれた絵本のページがゆっくりと一枚めくられた。

その異様な光景に、皆が凝視する。誰も一言も発せず、その絵本を見ていると、時間を置いて再びゆっくりとページが持ち上がり、そして、『ぱさっ』とめくられるではないか。

口を開いたのはヨリックだ。

「この本は、人を本の中に閉じ込める『白き悪魔の本』と呼ばれる類いのものかもしれません」

「どういった本なのだ？」と、テオドルスがヨリックに詰め寄る。

「『白き悪魔の本』は、自分の欲望が叶えられる本で、ある者は富と権力を得て、欲望の限りを尽くすというシナリオに溺れて、本から出られなくなったと聞いたことがあります。本の虜《とりこ》にしておいて、最終的には意識を本の中に閉じ込める恐ろしいものです」

説明を聞いたテオドルスは置かれていた本を手に取り、表紙を確認すると目を見開き動かなくなった。

異変を感じたハイメがテオドルスの手から本をひったくるようにして、表紙を見る。

『失われた緑の宝石。～王女様、冒険者になる！』と書かれたタイトルの絵本の表紙には、剣を構える可愛い少女のイラストが描かれていたが、それはどう見てもレオンティーヌに似ていた。

「レオンティーヌ様か？」

ハイメが本を開こうとしたら、勝手にぺらぺらとめくられて、とあるページで止まった。

そのページは、何も書かれていなかったのだが、すぐに文字が浮かんできてそれと同時に挿絵も描かれていく。それはまるで今まさに挿絵画家が筆で描いているように、どんどんと挿絵ができあがっていくのだ。

『その洞窟には古くから、魂の宝石と呼ばれる宝物が隠されていると言い伝えられていた。だが、その洞窟には恐ろしい魔獣が闇から生まれ出て、その宝物にたどり着けた者はいなかった……』

この文章と共にレオンティーヌが、勇ましく魔獣と戦う姿が挿絵で現れた。

テオドルスはすやすやと眠るレオンティーヌを見ながら、沈痛な面持ちで言葉を吐き出す。

「厳重な図書館に、この本があったとは考えられない」

ヨリックが小さく頷いた。

「ええ、もちろんです。『白き悪魔の本』はすべて禁書にしたはずなのですが……。そんな恐ろしい本をなぜレオンティーヌ様がお持ちだったのでしょう？」

ヨリックの言葉にハイメが動いた。

「レオンティーヌ様をこのような目に遭わせた者を、絶対に捜し出してきます」

テオドルスに一礼し、レオンティーヌの顔を少し見て目をつむると、ハイメはすぐに部屋から出ていった。

　このように卑劣なことをする犯人を捜すのは、時間がかかると思われたが、ハイメが捜索を始めた途端、意外にも自首してきたのだ。

　ハイメに両手を縛られたまま連れてこられた人物は、レオンティーヌを見ると甲高く叫ぶ。

「やった！　やってやったぞ！」

　骨ばって目も落ちくぼみ痩せた男に、皆どこか見覚えがあった。

「タルチジオ？……じゃないな？」

　痩せ狐のような顔は、タルチジオに似ていたが、それよりもずっと若い。

「自分たちが殺しておいて、タルチジオ伯父《おじ》さんのわけがないだろう！」

「お前はタルチジオの甥の、ダミアーノか？」

　もともとのダミアーノは、ふっくらした体つきの気のよさそうな男だったのに、容貌もすっかり変貌していた。

　タルチジオの事件のあと、郵送部門で働くダミアーノを調べたが、事件には無関係だったと判明。

　しかも、国家転覆という物騒な事件を起こした伯父を恥じている節もあったため、そのまま王宮内で働かせていた。

　だが、この始末である。

「なぜ、罪もないレオンティーヌを罠にかけたのだ！」

テオドルスは剣を抜くと、答えずヘラヘラ笑っているダミアーノに、我慢の限界で斬《き》りかかろうとした。

だが、ハイメに止められる。

「陛下！　ご辛抱ください。こいつを殺せば、レオンティーヌ様を助けられなくなる恐れがあります！」

レオンティーヌという言葉で、全身の力が抜けた。

テオドルスが攻撃をしないと見た上で、ハイメはダミアーノにもう一度質問をする。

「取り調べの時、お前はタルチジオのことを恥じていたではないか。なぜ今になってこんなことをしたのだ？」

へらへらと笑っていたダミアーノの顔が、急に無表情になった。

「ああ、初めはお前たちに言われて、それを信じてしまった。でも伯父さんは無実だった。僕にとって伯父さんは、この世で最も尊敬する人物だったのに、国王は王女のために、伯父さんの功績を横取りしようと殺したんだ！　ほら、この手紙に伯父さんの無念が書かれている！」

縛られた両手をポケットに突っ込み、手紙を出すと投げつけた。その手紙を拾ったハイメの体から冷気が漂い、室内の温度計の目盛りが一気に九度下がる。手紙には、タルチジオの嘘が書き連ねられていたのだ。

「は？　聖獣の名前をいち早くわかったのはアイツだったと？　馬鹿か！　全くわからず匙《さじ》を投げたのはタルチジオだ！　それに、聖獣の食べ物を探し出したのも、レオンティーヌ様だ！　晩餐会の野菜をおいしく食べられるように、アレンジしたレシピを考えついたのもタルチジオだと？　それも違うぞ。レシピを考えたのはレオンティーヌ様だと聞いてい――」

ダミアーノがハイメの言葉を遮って叫んだ。

「嘘だ！　嘘を言うな！」

「うるさい！」

テオドルスが殴り飛ばし、ダミアーノの体が壁に叩きつけられた。

「ご託はいい。早くレオンティーヌを本から出せ！」

しかし、ダミアーノにとっては、ここからが本番だったのだ。

「僕が大事な人を失ったように、お前も大事な愛娘が弱っていくさまを見るんだ！」

ダミアーノは再びへらへらと笑いながら、今またmonths めくられたページを見てほくそ笑んだ。

「あの本のページがなくなった時、あんたの大切な王女様は魔力を全部吸い取られて、死んじゃうんだ。ここにいる皆は、減っていくページを見ていることしかできない。ほうら、また一枚ページがめくられたよ」

ダミアーノが言ったそばから、またページがぺらりとめくられる。それはまるで砂時計の砂が落ちていくように、一目で命の残量がわかるのだ。

「レオンティーヌ！」

テオドルスが叫んでみたが、レオンティーヌはピクリとも動かない。

テオドルスの表情とは対照的に、レオンティーヌの挿絵は笑顔で赤い宝石を掲げて、意気揚々と洞窟から出るところだった。

絵本の世界に夢中なのだろうか？　レオンティーヌにこちらの声はいっさい聞こえていないようなのだ。

ハイメによって、生物学者とハンネスが呼ばれ、心配したサミュエルも駆けつけ、タルチジオの手紙の話と現在のレオンティーヌの状況を聞いていた。

「この本の中に、レオンティーヌ様の意識を閉じ込めたのか……？」

絶句するハンネスは、レオンティーヌの姿に涙する。

生物学者に至っては、全身の力が抜けてほうけたまま、ダミアーノにポツリポツリと意見した。

「あんたが言う賢者のタルチジオは、聖獣のインフェルノドラゴンを見て、名前どころか、『これは新種の小鳥で聖獣ではない』と言ってたんだぞ。……それで困り果てた私たちに本当のことを教えてくださったのが、レオンティーヌ様だったというのに……。こんなところに閉じ込めるなんて……」

ダミアーノは、生物学者の言葉に唖然とする。

「ま、まさか？」

真実を聞かされ、目を見開くダミアーノに、ハンネス料理長は怒りのまま怒鳴りつけた。

「野菜の『天ぷら』を考えついたのはレオンティーヌ様だ！　いいか、タルチジオは料理の一つも作れないし、煮ると蒸すの違いすら知らなくて、それこそ、調味料なんて何一つ知らなかったんだ。そんな奴がレシピを考案だと？　笑わせるな！」

ハンネスがダミアーノの胸ぐらを掴んで持ち上げた。

「いいか、レオンティーヌ様は人の手柄を自分のものにするような人じゃねえ。それにそんな真似をしていたのは、タルチジオの方だ！」

ダミアーノは足もつかず、じたばたさせてもがいていたが、ハンネスに投げ落とされて崩れ落ちた。

その後、項垂れていたのは、投げられただけではない。尊敬していたタルチジオの方が実際には手柄を捏造《ねつぞう》して、自分を騙していたと、やっと理解したからだ。

「そんな……そんな……」

呻くダミアーノに目をやったあと、皆が、レオンティーヌに目を向けた。

静まり返る室内に、再び紙の擦れる音が響く。

その音が引き金となり、テオドルスの我慢していた糸が切れた。

テオドルスは乱暴にダミアーノの腕を掴み、持ち上げて立たせると、もう片方の手で首を締め上げる。テオドルスは怒りのためフーフーと荒い息遣いで、さらに指に力を込めた。

「陛下！　いけません！」

ハイメの言葉に、首を掴んだ指先を少し緩めたが、離すことはない。そのままの体勢でダミアーノに問う。

「お前は、レオンティーヌを救うことができるのか？」

小さく何度も頷くダミアーノを見て、完全に掴んでいた手を離した。

殺される恐怖から解放されて、へなへなと床に座り込んだダミアーノは、これ以上テオドルスを怒らせないように、腰を抜かしながらもレオンティーヌを救出する方法の説明を始める。すぐにでも殺されそうだと感じたからだ。

「安心してください。僕も最初からレオンティーヌ様を、亡き者にしようなんて考えていませんし、この本を用意していた伯父のタルチジオも、幼いレオンティーヌ様を殺すようなことまでは、考えていませんでした。なので、助け出す方法を、ここに書き記してくれています」

タルチジオの字で書かれたその手紙には、レオンティーヌを罠にはめる方法と、助け出す方法が記されていた。

「ここに書かれている呪文を唱えると、この本に心が入り込んだ者が目を覚ますので、レオンティーヌ様も無事に目覚めるでしょう！」

説明したダミアーノは、タルチジオの手紙を見ながら『リブルダルカイソ』と唱えた。だが、レオンティーヌは全く動かない。

ハイメが「その言葉、聞いたことがある。たしかどこかの古い言葉で、『すべて終わり』という意味の言葉だったはずだ！」と、その呪文が偽物だと唇を噛む。

「そ、そんなはずはない！」

ダミアーノが急いで呪文を唱える。

「リブルダルカイソ、リブルダルカイソ！　リブルダルカイソ‼　リブル……」

無反応なレオンティーヌを見て。絶望するダミアーノ。

「では、伯父は僕を最後まで騙して、王女殺しをさせようとしていたのか！　王女様を助けるために自首したというのに……。もう、レオンティーヌ様を、この本から出す方法はなくなってしまった。そしたら、僕は処刑されるじゃないか！」

この国の法律で、『急迫不正の侵害に対しての行為以外で、王族に危害を加えた者は懲役刑に処す。さらに、王族を殺害した者は死罪に処す』とある。

ダミアーノは自分が責めを負うつもりだったが、処刑されるとまでは思っていなかった。

自分の浅はかな行動と伯父を呪うが、その横にはもっと絶望しているテオドルスが、眠り続ける愛娘を呆然と見ていた。

絶望が漂う中、テオドルスが本に詳しいヨリックを見る。

「君は本に詳しい。この本から娘を救う方法を知らないか？」

懇願するテオドルスに、ヨリックもよい返事をしたかった。だが、この『白き悪魔の本』から、助ける方法はいまだに見つかっていない。

「大変申し上げにくいのですが、私には助け出す方法が見当もつきません。この本は開いた者の興味や願望に沿ったシナリオでひきつけ、そのうちのめり込んだ者を本の中に取り入れて、魔力を搾取しながら衰弱させる類いのものです。そのために、こちらからレオンティーヌ様に魔力を補給しても、それを受け取るのは本、という仕組みになっています。しかも、その本からの解放条件は私には……」

王宮図書館の第一線で、数多くの危険な本を解除してきたヨリックがわからないなら、他の者にはわかるはずもなく、皆が一斉に項垂れる。

その日は夜遅くまで、皆がレオンティーヌのそばにいたがそれぞれの持ち場に帰っていった。ハイメはダミアーノを引きずって部屋を出ていき、オルガは泣きすぎて倒れたため、ヨリックに抱えられて出ていった。

一人、レオンティーヌの部屋に残ったテオドルスは、一睡もせずに可愛い娘をずっと眺めていた。彼の顔には生気はなく、ただ見守っているだけである。

次の日から、色々な人がレオンティーヌのお見舞いに来たが、その顔は暗く、もうレオンティーヌがこの世から旅立ったかのように、誰も彼も泣き腫らした目をしている。

ハンネスはレオンティーヌが大好きだったバタークッキーを持ってきた。このバターの香りに誘われてレオンティーヌが起きないかと思ったが、ピクリとも動かない。『また、今度ちゅくってね』と約束したのに食べてくれないなんて……。肩を落として帰る料理長。

サミュエルもレオンティーヌの部屋を明るくしたいと、オレンジ色の花束を持ってきた。『きれーでしゅ』としゃべり出しそうな唇は、固く結んだままである。

ヨリックは、一度も見舞いに来ていない。必死で夜遅くまで『白き悪魔の本』の解除方法を探して図書館に泊まり込んでいた。

「なぜだ？　なぜ見つからないのだ！　これほどの本があって、どうして、一冊くらいあの本の解除方法を教えてはくれないのだ……」

ヨリックの体力も限界にきていたが、諦めるわけにはいかないと、今日も図書館の本をくまなく調べているのだった。


本に取り込まれたレオンティーヌはというと、白い兎《うさぎ》に導かれて楽しい冒険のクエストを攻略している。最初はとても楽しかったのだが、日々寂しさが募っていた。だが、何が寂しいのかはわからない。この世界が真っ白すぎるせいかもしれない、というのも、どこも初めは真っ白で、徐々に色づく感じなのだ。

『今日こそは、緑の宝石を探しに行こうよ！』

レオンティーヌが、先を歩く相棒の白い兎に声をかけると、その白兎は後ろを振り向き不満げにため息をつく。

『なんだって、そんなに緑の宝石にこだわるのさ？』

白兎の見てくれはとっても可愛いのだが、どこかあざとくて、真っ赤な瞳に感情はなく、どこか信用ならない。しかし、いつも楽しい方へと導いてくれるので、一緒に旅をしている。

『だって、わたしの探している宝石は、きれいで太陽みたいに光っていて、それがにゃいと寂ちいんだもん。あれ？　なんで寂ちいのかにゃ？　えーっと……』

『はいはい、わかったよ。でもさ、ほら、あそこにとっても困った様子の妖精がいるから、話を聞いてあげようよ』

大事なことを思い出そうとすると、いつも白兎はさっさと話を切り上げるのだ。しかし、目の前に本当に小さな妖精が肩を落として項垂れている。かわいそうに思ったレオンティーヌは、すぐに話を聞いた。

『こんなところで、どうちたの？　わたしにできることがあれば、力になりましゅよ』

妖精は嬉しそうにレオンティーヌの周りを飛んで、お願いをしてきた。

『私の白猫を捜してほしいの。名前は〝ねこ〟っていって、真っ白な猫よ』

そう言われて辺りを見回すと真っ白。この中から白猫を？と、少し面倒くさくなる。

三千ピースの真っ白なジグソーパズルを前にしたような絶望感。

『うーん、せめて尻尾の先が黒かったり、瞳が見えたりちにゃいかな？』

やる気のなくなったレオンティーヌだったが、しかしそこはレオンティーヌの要望通りに進む物語。可愛い猫が白い木の間から顔を覗かせ、黒い目を瞬きさせる。

『やった、見ちゅけた！』

あっという間にクエスト終了で、妖精に白い猫を渡し得意気に兎を見ると、明らかに機嫌が悪い。

『ちっ、簡単に見つかるなんて、あとで説教だな』

『ん？　今舌打ちした？』

『してないよぉ。よく見つけたね！』

褒めながらも、白兎の台詞は棒読みだ。

『じゃあ、次こそは緑の宝石を見つけに探検だね！』

『えぇー、今度はマルゴーの店に行く約束だったでしょ！』

あれ？　そうだったかな？と思ったレオンティーヌだったが、白兎がさっさと歩きだすとついていくしかない。この時、また虚無が広がった。虫眼鏡と太陽光で画用紙を焼いた時みたいに、初めは小さな穴だったのが、じわじわと広がっていく感じに、寂寥《せきりょう》感と虚無感が心を占領していくのだった。

仕事を終わらせ、急いで戻ってきたテオドルスは、眠り続けるレオンティーヌに寄り添っていた。食事もとらないテオドルスを心配したハンネスが、「少しでも召し上がってください」と軽食を持ってきたが、頷くだけである。

それ以上何も言えないハンネスが部屋を後にしようとした時、ノックしようとしていたヨリックと鉢合わせる。

よほど急いで来たのだろう、肩で息をしていたヨリックはそのままの勢いで話しだした。

「『白き悪魔の本』は、取り込まれた人物の物語をすべて消せば、助けることができると書いた伝承を見つけました！　なので、この白いペンキで今までの文字や挿絵を上塗りしてみましょう！」

現状では他に方法がなく、やれることはやってみようと、意見は一致した。

一縷《いちる》の望みをかけて、ヨリックが本に白のペンキを塗る。テオドルスは息をのんで見守っていた。

だが、無情にもペンキに抵抗するように、文字も挿絵もペンキの上に滲み出て、最終的には、塗る前と変わらない状態に戻ってしまったのだ。

一瞬でも消えた時の希望が大きく、三人の失望は百倍になって跳ね返ってしまった。

深い絶望が、再び漂い始める。

しかし、当のレオンティーヌは、本の中で今も大冒険を続けているようで楽しそうだ。

『今日のお昼ご飯は冒険者が集うレストランの〝マルゴー〟で、ランチのB定食を頼んだ。おいしいと評判のレストランだけあって、天ぷらは最高である』

浮かび上がった文字とレオンティーヌが大きな口を開けて食べる挿絵に、テオドルスが力なく笑う。

「ふっ。そこでも、天ぷらを食べているんだな。おいしいかい？」

のんきな挿絵にハンネスも、ヨリックも脱力しながら微笑んだ。

だが、その笑みもページのめくれる音で引きつったものに変わる。

残りのページ数もわずかになっているのだ。レオンティーヌの頬もピンクから青ざめた色になっている。テオドルスがその頬を撫でるとまだ、温かい。

娘はまだここにいる。聞こえていないかもしれないが、話しておきたい。

「レオンティーヌ……、聞こえるかい？　私はね、君の母であるライラに、一目惚れしたんだ。黙々と本を読むライラが大好きだった。何度もアタックして玉砕しては頑張ったよ。だから、結婚できた時は何度も夢じゃないかと思ったくらいだ」

当時を思い出し、微笑みながらテオドルスは語っている。

「そうしたら、今度は君が生まれたんだ。私がどんなに喜んだかわかるかい？　生まれた君を見た時、幸せすぎて、私はこのまま死ぬんじゃないかと不安になったものだ。だから、どんなことがあっても、私が二人を絶対に幸せにすると誓った。なのに、ライラが亡くなってから、自分の手元から君を離してしまった。それは、自分がそばにいると、君まで不幸にするんじゃないかと思ってしまったからだ」

レオンティーヌを見つめて話すテオドルスは気がついていなかったが、ベッドサイドテーブルの上の本のページが、止まっている。止まっているというより、めくろうとあがいているが、ふるふると小刻みに揺れて動けない感じに見えた。

その様子をハンネスとヨリックが祈るような気持ちで、見守っている。

そして、テオドルスがレオンティーヌに会ってから色々なことが新鮮で嬉しくてどんなに楽しかったかを語りだすと、とうとう『白き悪魔の本』がページを逆向きにめくり始めた。

ヨリックとハンネスは、テオドルスの話を邪魔しないように頷き合い、本を覗き込むと、小さな花束を持ったレオンティーヌと、テオドルスが二人並んで歩いている挿絵が浮かび上がった。その横の文章を読むとサミュエルのお見舞いにと花束を持ったレオンティーヌがいかに可愛くて、天使のようだったと褒め言葉で埋め尽くされていく。

まだページはあり、油断はできないが、反転してめくられる速さで風がくるほどだ。

しかし、『白き悪魔の本』もこのままでは負けると思ったのか、抵抗を始めた。なんと姑息《こそく》にも、文字のサイズを小さくしたのだ。

文字が小さくなれば、そのページを埋める文字数はより多く必要になり、時間がかかる。

だが、焼け石に水とはこのことだ。テオドルスにレオンティーヌへの思いを語らせたなら、この本ごときでは太刀打ちできなかった。

テオドルスの愛が文字となって、ページが次々に埋まっていく。

残り一ページになったが、テオドルスの愛娘への思いはまだ続いていた。

「……レオンティーヌ、君には幸せでいてほしいと思っていたんだ。いつも笑っていてほしい。そのためなら、なんでもしたい。暗闇が怖いなら、怯えぬよう明かりを灯《とも》してあげたい。道に迷って不安にならぬよう、常に君の前に立ち先導したい。寒いなら暖かくしてやりたいし、暑いなら涼しくしたい。怖い思いをしたならすぐに行って、抱きしめ慰めてあげたいと思っていた。レオンティーヌ、今は怖いことはないかい？　寂しくないかい？　お腹がすいたらハンネスがおいしい料理を作ってくれるよ。ヨリックが面白い本を用意して待っているぞ。私は君が飛び込んできたらすぐに抱っこできるよう、腕を広げて待っているよ。そうだ、みんな待っている。だから帰っておいで」

テオドルスの溢れた気持ちが本に流れ込む。

娘をこの本から救いたいという強い気持ちが、邪悪な本のページを押し戻し、最後の一枚がめくられてぱたんと閉じると、『失われた緑の宝石。～王女様、冒険者になる』と以前は書かれていた表紙が消えていた。そして、左開きだった本が右開きの本になり、本来裏であるところが表紙になっている。

ヨリックとハンネスは、最初に題名が書かれていた表紙に、何も書かれていないのを見て抱き合った。

しかし、テオドルスはレオンティーヌだけを見ていたので、まだ気がついていなかった。だが、直後にレオンティーヌの瞼がぴくぴくと動いたことで、語るのをやめて両手でレオンティーヌの手をぎゅっと握り、祈るように次に起こることを見守っている。

ゆっくりとレオンティーヌの瞼が開かれていく。それを覗き込むように心配げに見ていたテオドルスと目が合うと、レオンティーヌはじーっと見て何かを考え込んでいた。

「どうした？　どこか痛いのか？」

「なんだー！　緑の宝石っておとーしゃまの瞳だったのか！　でも、納得でしゅ。おとーしゃまの瞳はきれいでしゅもんね」

起きた途端、わけのわからない言葉を語り、のんきに一人で頷いて笑っているレオンティーヌに皆が一斉に脱力。

「それにしても……本当に……本当によかった。また、レオンティーヌの笑顔が見られるなんて……」

テオドルスの顔がくしゃっとゆがみ、それをレオンティーヌに見せまいと、抱きしめた。

今まで壮大な冒険物語を読んでいるうちに、自分が主人公になって活躍している夢を見ていたレオンティーヌは、探し求めていた宝物が目の前に現れたという結末を話したくて仕方なかったが、父に抱きしめられてそれどころではなかった。しかも、ハンネスが横で号泣し、な

んとヨリックまでも、目頭をハンカチで押さえているではないか。

（これはいったいどういう状況なのだろうか？）

父に尋ねたいが、聞ける雰囲気でないことはさすがにわかる。他に人が来たら聞いてみようと思ったが、それも無理だった。

なぜなら、部屋に入ってきた者が、レオンティーヌの顔を見た順に泣きだしたからだ。オルガはむせび泣き、サミュエルも大粒の涙をはらはらと流し、ハイメは口を一文字に食いしばり赤い目をさらに真っ赤にさせた。

そういう訳で、誰にも聞けず、ますますレオンティーヌは困惑するのだった。

第十章　だぁいしゅき

レオンティーヌが『白き悪魔の本』から無事脱出できたあと、ダミアーノは王族に危害を加えた罪により、懲役三十年となった。

「ダミアーノしゃん、あなたは確かめもしぇず、わたしに危害を加えまちた。しょれは許されにゃいことでしゅ。しかし、まだやり直しができると信じていましゅ。ちゅぎは人の言葉に振り回しゃれず、多くの人の意見を聞く耳を持って歩んでほしいでしゅ」

素晴らしい才能の持ち主で、心がまっすぐだった青年は、タルチジオのせいでもったいないことになった。せめて、希望を持ってほしいと声をかけたレオンティーヌだった。


その後は何事もなく、穏やかな日々が続いている。

相変わらず、フウさんこと、フェンリルの尻尾に癒やされ、インフェルノドラゴンのルノさんの背中に乗って大空を飛んでいる。

ヨリックが眼鏡を光らせながら、授業をしてくれて、お腹がすけば、ハンネスが甘いお菓子を焼いてくれる。

今日は、自室にお気に入りの本を持ち込んで、読書三昧《ざんまい》の日だ。

そこに、一緒に昼ご飯を食べようと誘いにきたテオドルス。

「レオンティーヌ、一緒に昼ご飯を食べないか？」

よほど本が面白いのか、熱中してテオドルスの呼びかけに、レオンティーヌは全く気がつかない。

本を一瞬で読んでしまえるが、気に入った本は、何度も何度も繰り返して読むのだ。

瞳を輝かせて真剣な表情で文字をたどる。

その姿が妻のライラとそっくりで、テオドルスは飽きることなく静かに見守っていた。

すると、視線に気がついたレオンティーヌが、顔をテオドルスに向けて微笑んだ。

「この本がとってもおもちろいの。あと三ページよんだらいきましゅ」

『この本がとても面白いの。あと三ページ読んだら行くわ』

妻の顔と重なり、声まで似ていて驚くが、さらに台詞まで一緒だった。

全く君は……。私が寂しがらないよう、こんなに素敵な娘を残してくれていたんだな。なのに、長く気がつかずに、悪かった。

「おとーしゃま、どうちたの？」

つらそうで、今にも泣きそうな顔で微笑む父を見て、レオンティーヌは本を置き、駆け寄った。

「本はいいのか？」

「うん、だって一番見たいのはおとーしゃまのお顔だもん」

「……そうか、私の顔が一番か……」

「だから、笑っててね？　怒っちゃやだよ？」

「あははは、もうレオンティーヌの前では難しい顔もできないな」

テオドルスはレオンティーヌを抱き上げ、二人は焼きたてのパンの香りがするダイニングに向かったのだった。


パンを頬張るレオンティーヌとそれを見て、愛おしそうに微笑むテオドルスの挿絵が描かれる。『白き悪魔の本』と呼ばれた本は、今ではすっかりピンク色に染まり、父と娘の幸せな記録を綴《つづ》ることに夢中になっているのだ。

今日も、また二人の物語が増えていく。

Fin

あとがき

　このたびは、『冷徹国王の愛娘は本好きの転生幼女～この世の本すべてをインプットできる特別な力で大好きなパパと国を救います！～』をお手に取っていただき、誠にありがとうございます。

　この作品は、幼児のレオンティーヌ王女が、本から〝インプット〟した知識を基に、王宮で起こるさまざまな問題を、個性豊かな人々と一緒に解決していく物語です。また、その過程で癖の強い登場人物たちが、次々と愛らしい王女の虜になっていきます。その中でも、特にデレデレになるのは父である国王ですが……。

　普段は勇猛果敢な国王が、娘のことになると不器用でポンコツになってしまう。そんな国王が、娘とどう接していけばよいか悩みながらも、必死に向き合っていく姿もお楽しみください。

　昨年お世話になった、スターツ出版の担当S様から、「書下ろし小説を書いてみませんか？」とお話をいただき、そこから二人で、どんな物語にしようかと話し合って生まれたのが、この物語です。S様に色々な案を出していただき、二人で物語を考えていく作業はとても楽しいものでした。『可愛い物語』にしようと決めていたのに、真逆の方向に暴走する私を、修正しながら導くのは、大変だったと思います。鼓舞激励したり、アイデアを考えたりと、担当S様、長きにわたりご苦労様でした。そして、ありがとうございました。

また、編集協力のS様にも本当にお世話になりました。書き上がった文章の誤字脱字以外にも、文章まで丁寧に直していただきました。他にも、文章の代案を提案していただいたり、調理方法を調べていただいたりと、本当にありがとうございました。

スターツ出版の編集部の皆様には、作品を支えていただき、お世話になりました。

校正会社の方には、私が間違った言葉を使っていた場合、意味まで調べ、間違いを正していただきました。一文字一文字丁寧に校閲していただいたことを深く感謝しております。

それから、なんといっても表紙と挿絵でお世話になった柳葉《やなぎば》キリコ先生。図書館をバックに、王女を膝にのせたテオドルスの構図！　見惚れました。インパクトのある素晴らしい表紙を描いてくださってありがとうございました。

最後になりましたが、本書に携わっていただいた方々、物語を最後まで読んでくださった読者の皆様に心から感謝申し上げます。ありがとうございました。

衣《ころも》 裕生《ゆう》

冷徹国王の愛娘は本好きの転生幼女
～この世の本すべてをインプットできる特別な力で
大好きなパパと国を救います！～

2025年4月5日　初版第1刷発行

著　者　衣 裕生

発行人　菊地修一

発行所　スターツ出版株式会社

〒104-0031　東京都中央区京橋1-3-1　八重洲口大栄ビル7F
TEL　03-6202-0386　（出版マーケティンググループ）
TEL　050-5538-5679（書店様向けご注文専用ダイヤル）
URL　https://starts-pub.jp/

印刷所　株式会社ＤＮＰ出版プロダクツ

ISBN　978-4-8137-9441-7　C0093　Printed in Japan

［衣 裕生先生へのファンレター宛先］
〒104-0031　東京都中央区京橋1-3-1　八重洲口大栄ビル7F
スターツ出版（株）　書籍編集部気付　衣 裕生先生